Thomas Brockmann

Die Kunst zu lügen

Leitfaden für die erfolgreiche Unwahrheit

Eichborn

Zum Autor

Thomas Brockmann, geboren am 28. April 1957, wuchs in Hamburg auf, machte nach dem Abitur eine landwirtschaftliche Lehre und studierte anschließend Landwirtschaft in Schleswig-Holstein.

Aus Mangel an einem eigenen Hof und dem Unwillen, in einen hektarschweren Betrieb einzuheiraten, wechselte er die Branche und ging als vermutlich erster Diplomlandwirt in die Werbung.

Er arbeitete zweieinhalb Jahre in New York und ist heute für eine internationale Agentur in Deutschland tätig.

Im Eichborn Verlag sind bisher erschienen: »Schummeln, aber richtig«, »Schummeln aktuell«, »Umsonst«, »Du bist der Stern in meiner Nudelsuppe«, »Das große Buch vom Schummeln«.

Für Bodo, der dieses Buch nicht nötig hat

CIP-Titelaufnahme der Deutschen Bibliothek:

Brockmann, Thomas:
Die Kunst zu lügen : Leitfaden für die erfolgreiche Unwahrheit /
Thomas Brockmann. – Frankfurt am Main : Eichborn, 1991.
ISBN 3-8218-1044-0

Zeichnungen: Beat Sigel
Umschlagmotiv: Gerhard Klein
Satz mit PC + Mac: Wolfgang Spindler, Werner Kremeier
Druck: Bercker, Kevelaer
Verlagsverzeichnis schickt gern:
Eichborn Verlag, Hanauer Landstr. 175, W-Frankfurt am Main 1

VORAB

»Eine Lüge, die ein Leben trägt, ist besser als
eine Wahrheit, die ein Leben zerstört.«
(Isländische Weisheit)

»Wir färben uns doch alles schön.«
(Erich Bauer, Psychotherapeut)

»Der Beste muß mitunter lügen;
zuweilen tut er's mit Vergnügen.«
(Wilhelm Busch)

»Eine absolute Wahrheit gibt es ja gar nicht,
jede Beziehung setzt eine andere Wahrheit frei.«
(Gunnar v. Schlippe, Psychotherapeut)

»Wenn Lügen Haare wären, wir wären rauh wie Bären
und hätten keine Glatzen.«
(Wilhelm Busch)

»Die Wahrheit macht uns nackt.«
(Erich Bauer)

»Ich darf nicht jedem Menschen in jeder Situation die Wahrheit sagen,
und nicht jeder Mensch darf in jeder Situation
die Wahrheit von mir fordern.«
(Gunnar von Schlippe)

»Im Deutschen lügt man, wenn man höflich ist.«
(Goethe)

»Wie nützlich ist die Kunst, zu rechter Zeit zu lügen.«
(P. Corneille)

»Die Welt will getäuscht sein, also werde sie getäuscht.«
(Papst Paul IV.)

»Tell me lies, tell me sweet little lies.«
(Songzeile)

»Wenn es stimmt, daß Lügen kurze Beine haben,
dann kann die ganze Regierung unter dem Teppich Fallschirm springen.«
(Oskar Lafontaine)

INHALT

VORWORT

Für fast alle Lebenslagen gibt es Gebrauchsanweisungen und Betriebsanleitungen. Wie lerne ich Steuern sparen, wie mein Auto reparieren, wie Kuchen backen und wie Tulpenzwiebeln pflanzen? Nur die zwischenmenschlich und gesellschaftlich so wichtige Kunst der Lüge wird immer noch ignoriert. Dringend Zeit, diesen Mangel abzustellen.

Endlich soll mit den albernen Vorurteilen aufgeräumt werden, Lügen seien etwas Schlechtes. Absicht ist es, dieses scheinbare Tabu zu beseitigen und eine Lanze für die geschönte Wahrheit zu brechen.

Gleichzeitig will dieses Buch aufzeigen, daß gerade die angeblichen Wahrheitsfanatiker unter uns häufig selbst die größten Lügner sind.

Es ist keine trockene Dokumentation zum Thema Unwahrheit, sondern anwenderorientiert. Wer aber erwartet, darin geschult zu werden, Schwindeleien nachher besser entlarven zu können, muß enttäuscht werden. Dieses Buch ist absichtlich einseitig, subjektiv und parteiisch.

Die Lektüre soll zeigen, wie man seinen Traum vom unerkannten Schwindeln verwirklichen kann. Dazu zählen nicht nur die Vielzahl an Tips und Tricks zur optimalen Tarnung der persönlichen Unwahrheit. Im Sinne einer professionellen Vollberatung werden moralische Hilfestellungen ebenso wie technische Hinweise gegeben, um für alle Situationen vorbereitet zu sein: vor, während und nach dem Lügenakt.

Gleichgültig, ob man sich selbst nun als Nicht-Lügner aus Prinzip, angehenden Lügner oder Heavy-Lügner einstuft. Die Lektüre ist für jeden als eine Form der praktischen Lebenshilfe gedacht.

Ansonsten gelten für den Lügensport die gleichen Worte, die die amerikanische Firma Nike weltweit am Ende ihrer Fernsehwerbung sagt: »JUST DO IT.«

I.
GRUNDSÄTZLICHES: KLEINE EINFÜHRUNG IN DIE LÜGENKUNST

1.1 Definition der Lüge

Was eigentlich ist eine Lüge? »Eine falsche Aussage, die bewußt gemacht wird und jemanden täuschen soll« sagt der Duden. »Jedes auf Täuschung zielende Verhalten...«, meint Herders Lexikon der Psychologie sogar.

In jedem Fall ist Lügen eine bewußte und freiwillige Handlung. Der Lügner hat die Wahl, ob er den anderen beschwindelt oder ob er ihm die Wahrheit erzählt.

Lügen ist grundsätzlich auf zweierlei Weise möglich. Die »passive« Form ist das Weglassen von wesentlichen Fakten. Man will damit dem wahren Sachverhalt eine neue Wendung geben und das Ganze in einem anderen Licht erscheinen lassen. Die »aktive« Form des Lügens ist das kreative Entwickeln von völlig neuen Gegebenheiten, die gar nichts oder nur bedingt etwas mit dem realen Geschehen zu tun haben.

Die Lüge ist Bestandteil unseres Lebens, begleitet uns von klein auf bis zum Zeitpunkt unseres Abganges. Ob aktiv oder passiv, mit der Lüge werden wir immer konfrontiert. Wir können uns ihr nicht entziehen. Nutzen wir sie doch einfach als das, was sie ist: ein Lebens-Mittel.

Die Lüge ist Ausdruck menschlicher Freiheit. Jeder hat das Recht zu lügen, jedoch sollte dies mit Niveau geschehen. Plumpe und allzu durchsichtige Lügen sind stillos, respektlos und zeugen von schlechter Erziehung. Jeder hat Anspruch darauf, zumindest intelligent belogen zu werden.

Eine gute Lüge, raffiniert ausgeklügelt und hervorragend präsentiert, ist wie ein Kunstwerk. Sie erfordert Geist, Witz, Phantasie und Geschick. Ein guter Lügner zu sein, ist eine Ehre. Zeigt es doch, daß man als Lebenskünstler aktiv bemüht ist, die unvollkommenen kalten Tatsachen des Alltags mit besseren Wahrheiten zu erwärmen. – Voilà, c'est ça.

1.2 Abgrenzung

Verständigt man sich auf die Formel »Lüge = Absicht + Unwahrheit«, gibt es Lügen in verschiedensten Formen und Ausprägungen. Das beginnt bei kleineren Flunkereien und endet bei Meineid, Betrug und Hochstapelei.

Eine simple Ausrede, die den wahren Sachverhalt geschönt wiedergibt, erfüllt die Lügendefinition ebenso wie eine Scheckfälschung oder eine Falschaussage vor Gericht. Dennoch haben diese Unwahrheiten unterschiedliche Qualität. Kleinere Lügen, die eine vergessene Verabredung oder ein verspätetes Eintreffen entschuldigen sollen, sind beispielsweise nicht vergleichbar mit der Unterschlagung von hunderttausend Mark am Arbeitsplatz.

Nun zeugt es natürlich von einer gewissen Komik, einerseits ein positives Buch über das Tabu-Thema Lügen zu schreiben und andererseits gleichzeitig von der Schuldmoral bestimmter Lügen zu reden. Die Kernfrage ist also: Wo hört die moralisch vertretbare Unwahrheit auf? Grundsätzlich definiert jeder selbst, was nach seinem Verständnis als Lüge zu rechtfertigen ist. Das Risiko liegt ebenso wie die Schuldfrage allein beim Lügner.

In diesem Lebens- und Lügenratgeber geht es ausschließlich um die positive Unwahrheit. Gemeint ist die das Leben bejahende zwischenmenschliche Lüge, die quasi Ausdruck unseres Grundrechts auf freie menschliche Entfaltung ist, also all die kleineren und größeren Schwindeleien, die natürliches Stilelement unseres menschlichen Daseins sind.

Bei der negativen, böswilligen oder gar ungesetzlichen Lüge gelten zwar die gleichen Spielbedingungen, Techniken und

Grundsätze des erfolgreichen Schwindelns. Dennoch lehnt der Autor diese Form der Lüge ab. Rufmord, Meineid, Betrug, Fälschung, Unterschlagung und andere strafbare Lügen sollen weiterhin tabu bleiben.

Also lügen Sie weiter, bis sich die Balken biegen, optimieren Sie Ihre Kunstfertigkeit oder fangen Sie im Kleinen an. Nur eins steht fest: den Autor hierfür verantwortlich zu machen, das wäre verlogen. Denn wann, wie oft und in welchem Maße Sie lügen, das entscheiden alleine Sie. Ansonsten gilt das sportliche Lügenmotto: Dabeisein ist alles...

1.3 Lügenanlässe

Die Frage sollte nicht heißen: Wann wird gelogen? Viel schneller ließe sich eine Antwort finden, wenn wir uns fragen würden, wann eigentlich nicht gelogen wird. Jeder wird für sich selbst feststellen, daß es da gar nicht so viele Situationen gibt. Tatsache jedenfalls ist, daß wir in einer Vielzahl an Lebenslagen die entstellte Wahrheit brauchen und gerne benutzen.

In der Polizeikontrolle, wenn man behauptet, nicht zu schnell gefahren zu sein, keinen Alkohol getrunken, und das nicht funktionierende Abblendlicht gerade erst entdeckt zu haben...

In der Schule, wenn man zum Unterricht zu spät gekommen ist, seine Hausaufgaben nicht gemacht hat, am Sportunterricht angeblich nicht teilnehmen kann, eine verhauene Klassenarbeit mit familiären Problemen erklären will...

In der Kindheit, wenn man auf den angeknabberten Sonntagskuchen angesprochen wird, die völlig verdreckten Klamotten erklären muß, der Katze die Schuld für die herunter gefallene Vase geben will...

Im Beruf, wenn man wieder mal beim Zuspätkommen gestellt wurde, einen Abgabetermin nicht eingehalten hat, unerlaubt am Diensttelefon Privatgespräche führt, der Sekretärin aufträgt »wenn Herr Dachler anruft, sag einfach, ich sei nicht da...«

Als Jugendlicher, wenn die Eltern nicht wissen sollen, daß man schon sexuell aktiv ist, Alkohol trinkt, raucht oder Marihuana ausprobiert hat...

In Partnerschaft und Ehe, wenn man sich anstelle des Skatspielens einen bunten Herrenabend gemacht hat, einen Seitensprung oder Flirt verleugnet, man die hochprozentige Stammtischrunde zu einem Bier und 'nem Korn auf dem Nachhauseweg runterspielt...

Vor sich selber, wenn man die Rückkehr zum Rauchen, die abgebrochene Diät, die fehlende Arbeitsdisziplin, den ungesunden Lebenswandel erklärt...

Wenn Sie sich beim Lesen dieser Beispiele langweilen, dann aus einem einzigen Grund. Sie kennen diese Situationen nur zu gut und wissen längst, daß Lügen ein aktiver Bestandteil unseres Lebens ist. Klingen diese Beispiele dagegen für Sie wie böhmische Dörfer, haben Sie in ihrem bisherigen Leben eine Menge verpaßt. Schade für Sie. Aber trösten Sie sich, es ist noch nicht zu spät.

1.4 Die Lüge im Sprachgebrauch

»Lügen ist betrügen.« Das sagt der Belogene. Denn er fühlt sich hintergangen, geleimt, hinters Licht geführt. Für ihn gibt es nur eine Moral, die der Wahrheit. Wer belogen wurde, verurteilt die Lüge, die Skrupellosigkeit des Lügners und seine Absichten.

Die Belogenen sind die Opfer. Sie stellen das Lügen an den Pranger. »Lügen und Stehlen gehen miteinander«, »Wer beginnt mit Lügen, endet mit Betrügen«, »Lügen ist die erste Staffel zum Galgen«, all dies sind Äußerungen, mit denen das Unwahrheit-Sagen geächtet werden soll.

Wenn der Belogene allerdings in einer anderen Situation selber lügt, spricht er von sich nie als Lügner. Er beschreibt sein Handeln mit Worten wie: flunkern, schwindeln, nicht die volle Wahrheit sagen.

Entscheidend ist, daß im aktiven Sprachgebrauch das Wort Lüge hart und negativ besetzt ist. Da wir alle schon als Kinder darauf konditioniert werden, daß lügen moralisch höchst verwerflich ist, wird das Wort zu einem brutalen Schimpfwort, sobald wir es jemanden an den Kopf werfen. Die Bezeichnung Lügner ist vom emotionalen Stellenwert her vergleichbar aggressiv wie Mörder, Betrüger, Menschenfeind. Unausgesprochen stehen dahinter Assoziationen wie Verachtung und Unwürdigkeit.

Da jeder in größerem oder kleinerem Umfang selber lügt, sich wegen der Brutalität des Wortes aber keinesfalls als Lügner bezeichnen möchte, brauchen wir Ersatzbegriffe. Siehe da, der deutsche Sprachschatz ist voll von derartigen Alternativen. Sicherlich ein Indiz dafür, daß Lügen ein weit verbreiteter Sport geworden ist.

Bei der Vielfalt von Ersatzbezeichnungen gibt es feine Unterschiede. So hängt die Wortwahl zum Beispiel ganz wesentlich von der jeweiligen Situation ab. Jemand, der darüber spricht, daß er eine dritte Person belogen hat, wählt sympathische Formulierungen wie: »Dem habe ich aber einen Bären aufgebunden, ein Märchen erzählt, ein X für ein U vorgemacht, eine Räuberpistole erzählt...« oder: »Den habe ich aber an der Nase herumgeführt, in den April geschickt, auf den Arm genommen, ins Boxhorn gejagt, verkohlt, geleimt, geblufft, gefoppt...«

Dagegen wird der ertappte Lügner seinem Opfer gegenüber andere Umschreibungen wählen: »Zugegeben, ich habe geflunkert, gemogelt, geschwindelt, übertrieben, die Wahrheit geschönt bzw. leicht entstellt, ein leicht verändertes Bild gegeben, den Sachverhalt schöngefärbt, etwas dazugedichtet, fabuliert, es mit der Wahrheit nicht ganz so genau genommen, dir etwas vorgemacht, bewußt geirrt...«

Es ist gleichgültig, für welchen verbalen Ersatz man sich entscheidet. Bei aller Kreativität haben die Begriffe eins gemeinsam: Sie sind eine unehrliche, um nicht zu sagen lügnerische Form, mit der Tatsache des Lügens sprachlich umzugehen.

1.5 Wie wir Lügner werden

Lügen ist ein normaler Bestandteil unseres Lebens, ebenso selbst-

ALSO. DAS WAR SO...

verständlich wie die Wahrheit. Auch wenn es zweifellos Unterschiede im Maß des Lügens und in der Art des Lügners gibt, so lügen wir doch alle. Jeder von uns durchläuft seine persönliche Karriere als Schwindler. Unser Lernprozeß beginnt schon in der Kindheit. Eltern, Umwelt und andere Faktoren konfrontieren uns mit der Unwahrheit und führen uns ein in diese hohe Kunst.

Eltern belügen ihre Kinder, wenn sie ihnen Märchen erzählen von Himmel und Hölle, Kindern, die gefressen oder verbrannt werden, Menschen, die ertränkt werden und wieder auferstehen. Ähnlich ist es mit dem Klapperstorch, der die Kinder bringt, dem Weihnachtsmann als Geschenkelieferant und dem Osterhasen, der alljährlich die Schokoladeneier versteckt. Auch wenn diese Geschichten unterhaltsam sind und die Phantasie der Kinder anregen, eines Tages kommt doch die Wahrheit raus: Es war alles Lüge.

Schnell begreifen Kinder, daß die Eltern sie angelogen haben. Spätestens bei der ersten unentdeckten Schwindelei erkennen sie, daß die Behauptung von der langen Nase nach dem Lügen nur eine leere Drohung war. Ebenso erscheinen die mahnenden Worte »Lügen haben kurze Beine«, »Wer lügt, hat schwarze Augen« und »Wenn du den Teller nicht leer ißt, scheint morgen die Sonne nicht« in einem anderen Licht. – Das Kind begreift nicht nur, daß alles Lüge war, sondern weiß jetzt auch, daß Lügen unentdeckt bleiben kann.

Eltern belügen ihre Kinder, wenn sie ihre eigenen Zärtlichkeiten oder Streitigkeiten ausleben »Der Krach hat nichts zu bedeuten. Dein Vater ist nur ausgerutscht.« »Da hat keiner gestöhnt, das hast du dir eingebildet.« »Ich habe nicht gebrüllt. Ich habe Mama nur erzählt, wie einer den Chef angebrüllt hat.« Trotz scheinbar plausibler Erklärungen bekommen die Kinder ein Gespür dafür, daß dies nicht die Wahrheit ist.

In manchen Situationen erleben Kinder, daß die Eltern auch andere Erwachsene belügen. Beim Abendessen erzählt der Vater stolz, der Verkehrspolizist habe ihm die Geschichte von der kaputten Tachonadel oder dem übersehenen Verkehrsschild abgekauft. Die Mutter berichtet mit Schmunzeln, daß sie den Handelsvertreter an der Haustür mit der Schwindelei abgewimmelt hat, sie habe sich gerade letzte Woche einen neuen Staubsauger gekauft.

Ebenso leben sie ihren Kindern die Lüge vor, wenn der Vater mal einen Tag blau macht, sich in der Firma aber mit der Erklärung, krank zu sein, entschuldigen läßt. Aus der manipulierten Steuererklärung oder Spesenabrechnung wird kein Geheimnis gemacht. Die Mutter, die im Parkverbot erwischt wird, beschwindelt den Polizisten, sie habe nur kurz angehalten. Genauso alltäglich ist es, eine Einladung auszuschlagen mit der Lügengeschichte, man habe keinen Babysitter gefunden.

Eltern erziehen ihre Kinder sogar bewußt zur Lüge. Denn Kinder müssen höflich sein und dürfen daher manchmal nicht die Wahrheit aussprechen. Oma sollen sie nicht sagen, wie schrecklich sie das Geburtstagsgeschenk tatsächlich finden. Artig lügen sie: »Ich habe mich über den Pulli riesig gefreut. Den habe ich mir schon immer gewünscht.« Als Gast hat man zu behaupten, das Essen sei köstlich, selbst wenn man es gar nicht mag. Auch wenn eigentlich nur die Gefühle des anderen geschont werden sollen, es ist und bleibt eine Lüge.

Kinder lernen schnell, selber zu lügen, wenn es darum geht, ein Malheur zu verheimlichen, um Strafe zu entgehen. Papis Schreibtischlampe ist runtergefallen, das neue Fahrrad hat 'nen Achter, die teure Daunenjacke einen Winkelriß. Das Donnerwetter droht. Nur die Lüge hilft. Einmal erfolgreich geflunkert, sofort begriffen und fürs Leben gespeichert.

Kinder müssen lügen, um ihre eigenen unerlaubten Erfahrungen zu sammeln. Es gehört einfach dazu, in Filme zu gehen, für die man noch nicht alt genug ist. Wir alle kennen die Lügengeschichten, um die Faszination des Rauchens zu erproben, den Scotch aus Vaters Hausbar anzutesten und die Schule mal zu schwänzen. Ebenso wichtig ist die Lüge, wenn es gilt, die kindliche Privatsphäre zu verteidigen und Geheimnisse zu hüten. Nicht jedes Klassenproblem muß zu Hause besprochen werden – auch wenn danach gefragt wird.

Kinder lügen auch aus edlen Motiven, wenn sie loyal gegenüber Geschwistern oder Freunden sind. Der Spielkamerad wird nicht verpfiffen, wenn er den Elfmeter in die Schaufensterscheibe setzt. Genauso wird dichtgehalten und das zu späte Nachhausekommen der Schwester nicht verraten.

Uns wird zu Hause und in der Schule beigebracht, daß Lügen unterhaltsam sind. Prahlereien, Sensationsberichte und phantastische Geschichten werden begeistert aufgenommen. Nach dem Motto »hier zeigt jemand Phantasie und Redegewandtheit« wird dieses Talent gefördert. Geborene Geschichtenerzähler sind einfach beliebt.

Wir lernen sogar den Spiel- und Unterhaltungswert der Lüge. Im Fernsehen läuft »Wer dreimal lügt«, Vater weiht uns in die Kunst des Pokerns ein und die kleineren Geschwister sind mit Begeisterung beim Würfelspiel »Lügen«. Und pünktlich zum 1.4. macht sich die ganze Familie einen Spaß daraus, einander zu belügen und in den April zu schicken.

Die Hochzeit des Lügens beginnt jedoch erst mit der Pubertät. Wer es bis dahin noch nicht kann, lernt spätestens jetzt die Kunst des Schwindelns kennen. Diese Zeit, in der die Meinungen, Ratschläge und Moralvorstellungen der Eltern Maßstab für all das sind, was man nicht will, zwingt zur Unwahrheit. Egal, ob es die getürkten Entschuldigungen in der Schule sind, die ersten sexuellen Erlebnisse, das Kiffen im Freundeskreis oder die Wochenendsause in Dänemark. – Lügenanlässe gibt es reichlich.

Als Kleinkind ist man noch ein tölpelhafter Lügner. Alle Lügenversuche sind naiv und durchsichtig. In diesen Entwicklungsphasen des Lügens haben wir meist noch viel Respekt vor der Moral. Dann der erste Triumph, das Aha-Erlebnis. Zum ersten Mal glückt es erfolgreich, jemanden an der Nase herumzuführen. Die Allwissenheit der Eltern zerbricht. Als Kind beginnen wir zu erkennen, daß es ein eigenes Bewußtsein und eine private Identität gibt, die den Eltern unbekannt ist. Ein Gefühl von Sieg, Macht und Glücksgefühl macht sich jetzt breit. Während wir heranwachsen, begreifen wir mehr und mehr, daß die Moral von einer lügenfreien Welt falsch ist. Gleichzeitig lernen wir mit den Schuldgefühlen umzugehen und begreifen die Vorteile, die die Lüge mit sich bringt: Sie schont uns vor Strafe und stellt den Belogenen ruhig und zufrieden. Geprägt durch die Erfahrungen mit gescheiterten Lügen begreifen wir, worauf wir beim erfolgreichen Schwindeln achten müssen: strategisches Denken, Planung, Phantasie, Redegewandtheit, Überzeugungskraft und schauspielerisches Talent. Wir begreifen, wie sich mit den Lügen die eigenen Chancen verbessern lassen. Und zur Frage, wann wir lügen und wann lieber nicht, definiert jeder einzelne seine persönliche Lügen-Moral.

1.6 Ausprägungen der Lüge

Die Lüge ist ein zentraler Bestandteil unseres Lebens. Dies wird allein schon an der Vielfalt der gängigen Lügenformen deutlich. Im wesentlichen sind die unterschiedlichen Ausprägungen der Lüge auf die neun Hauptmotive des Lügens zurückzuführen.

Man lügt, ...
um einer Bestrafung zu entgehen,
um etwas zu erreichen oder zu bekommen, das man sonst nicht bekommen würde,
um für sich selbst Schaden zu verhindern,

um Freunde vor Schwierigkeiten zu bewahren,
um anderen eine peinliche oder unangenehme Situation zu ersparen,
um die eigene Privats- oder Intimsphäre zu schützen,
um anderen einen Gefallen zu tun,
um bei anderen Aufmerksamkeit, Anerkennung oder Bewunderung zu erzeugen,
um die eigene Machtposition gegenüber einer Autoritätsperson zu dokumentieren.

In der Lügen-Terminologie dominieren folgende Begriffe, die ein oder mehrere der genannten Motive abdecken.

A. Notlügen

Das sind Situationen, in denen die Lüge die einzige Form der Rettung ist. Man hat die Verabredung mit einem Freund schon dreimal verschoben und wollte sich heute abend nun endlich treffen. Doch wie der Zufall es will, hat man es vergessen und einen anderen unaufschiebbaren Termin zugesagt. Unmöglich, dem Freund jetzt die Wahrheit zu sagen. Das einzige, was bleibt, um die Freundschaft nicht ernsthaft zu gefährden, ist die Lüge.

In diesen Bereich fällt auch eine persönliche Erfahrung. Ich war zu einem wichtigen Bewerbungsgespräch um 9 Uhr morgens angemeldet. Da meine Mutter mindestens genauso aufgeregt war wie ich selber, ermahnte sie mich am Vorabend, ja früh genug ins Bett zu gehen. Natürlich bin ich erst nach Mitternacht ins Bett gekommen. Doch viel schlimmer: Mein Lampenfieber hinderte mich am Einschlafen. Geweckt wurde ich dann um 8:30 durch den Anruf meiner Mutter, die mir für das Gespräch toi, toi, toi wünschen wollte. Dies half nun auch nichts mehr, denn ein pünktliches Eintreffen war bereits ausgeschlossen. Nach einer fünfminütigen Fluch-Arie mußte dringend eine Notlüge gefunden werden. Es gab nur einen einzigen Weg: einen glaubhaften, seriös erscheinenden Grund erfinden, der nicht nach einer Ausrede roch. So ging ich wegen der Straßenverkehrsakustik zur nahen Telefonzelle und rief die zuständige Sekretärin an: »Hören Sie, es tut mir leid, aber ich muß den Termin kurzfristig um eine Stunde verschieben. Vor einer halben Stunde habe ich erfahren, daß mein Bruder einen Unfall mit dem Fahrrad hatte. Ich muß ihn erstmal zum Arzt bringen.«

Auch wenn diese Lüge anstandslos als Wahrheit akzeptiert wurde, so war dies eines der wenigen Male, bei denen ich nachher ein wirklich schlechtes Gewissen hatte. Denn mit bestimmten Dingen spaßt man einfach nicht.

Doch diese Notlüge hatte noch ein amüsantes Nachspiel. Die Dame, bei der ich mich vorgestellt hatte, erkundigte sich sofort bei meinem Eintreffen nach dem Wohlbefinden meines Bruders. Als sie nach dem Krankenhaus fragte, in das ich ihn gebracht hatte, nannte ich ahnungslos das Barmbeker Krankenhaus. Wie der Zufall es wollte (oder eine »höhere Instanz«) arbeitete der Ehemann meiner späteren Chefin in gerade diesem Krankenhaus. Und so hörte ich plötzlich zu meinem Entsetzen: »Ach, was für ein Glück. Passen Sie auf, Herr Brockmann. Mein Mann ist Chefarzt in diesem Krankenhaus. Ich rufe ihn gleich mal an und bitte ihn, doch noch mal persönlich nach ihrem Bruder zu schauen...« – Noch heute, sieben Jahre später, läuft mir bei der Erinnerung der eiskalte Schauer über den Rücken. – Aber Notlügen kann man halt nicht lange planen.

B. Altruistische Lügen

Das sind jene Lügen, die kritiklos akzeptiert und allgemein als gute Lügen bezeichnet werden. Diese Form von Unwahrheiten zielen auf den Vorteil des Belogenen ab, fügen ihm keinen Schaden zu und sind ohne Gewinn für den Lügner. Wenn zum Beispiel nach einem Autounfall ein kleines Mädchen nach seinen lebensgefährlich verletzten Eltern fragt und die Oma lügt, es gehe ihnen gut, wird niemand dies verurteilen wollen. Ähnliche Situationen gibt es für Ärzte, wenn sie Patienten haben, die nur noch wenige Tage zu leben haben, diese Erkenntnis aber nicht verarbeiten könnten. In diesen Fällen wird niemand ernsthaft die Lüge anklagen.

C. Autorisierte Lügen

Das sind jene, bei denen der Lügner vor sich selbst behauptet, das Recht zur Unwahrheit zu haben. Seine Erklärung ist, daß er nicht von der Lüge profitiert, ergo darf er lügen. Charakteristisch ist, daß hier gelogen wird, ohne daß der Lügner ein schlechtes Gewissen hat. Ein Chef zum Beispiel, der seinem Mitarbeiter vortäuscht, er werde irgendwann in die Geschäftsführung aufsteigen, rechtfertigt seine Lüge wie folgt: Es wäre rücksichtslos und würde den Mitarbeiter seelisch zerrütten, ihm die Wahrheit brutal an den Kopf zu werfen. Kurzum, der Chef sagt sich, es sei eine altruistische Lüge und er sei autorisiert dazu.

In Wahrheit sind die Motive des Chefs natürlich alles andere als selbstlos. Denn mit Hilfe der Unwahrheit hält sich der Vorgesetzte zumindest kurz- bis mittelfristig seinen Mitarbeiter bei Laune. Damit umgeht er ein unangenehmes Gespräch, in dem der Angestellte vermutlich heftig gegen die Fehleinschätzung seiner Person protestieren würde. Es ist sogar denkbar, daß die scheinbar altruistische Lüge ausschließlich von egoistischen Motiven geleitet wurde. Denn der Mitarbeiter wird ja in dem Glauben gelassen, seine Leistungen wären toll. Wüßte er aber um die wahre Einschätzung seines Könnens, würde er sich vielleicht bemühen, einen noch besseren Job zu machen. Oder aber er würde die Konsequenz ergreifen und woanders hingehen.

Zu den autorisierten Lügen gehört selbstverständlich auch das Bluffen beim Pokern. Allerdings ist dies eher eine Sonderform. Denn alle Spielpartner wissen, daß die Absicht des Spieles darin besteht, sich gegenseitig möglichst geschickt zu täuschen. Niemand erwartet Offenheit und Ehrlichkeit darüber, wie stark das Blatt des anderen ist.

D. Gute Lügen

Das sind wahrheitsverbessernde Lügen, die die Dinge des Lebens einfach in einem besseren, schöneren Licht erscheinen lassen. Sie haben sozialen Charakter, entstehen aus Feingefühl ebenso wie aus Rücksicht und sind auf das Seelenheil des anderen ausgerichtet. Nach dem Motto: Wenn die Realität schon nicht stimmt, müssen wir halt mit 'ner schönen Lüge etwas nachhelfen. Nichts ist eben perfekt. Die folgende alltägliche Situation macht die Selbstlosigkeit dieser Lügenform deutlich. Wenn ein Mitarbeiter aus Lustlosigkeit einen Job oder eine Arbeit nicht macht, so würde diese Wahrheit beim Vorgesetzten eindeutig Verärgerung und Wut auslösen. Wenn man dem Chef dagegen klarmacht, daß man vor lauter Arbeitsstreß nicht zu der geforderten Aufgabe gekommen ist, so kann der Vorgesetzte sich wenigstens in dem Gefühl räkeln, seine Angestellten seien voll ausgelastet.

E. Schlechte Lügen

Dazu zählen aus Sicht von Belogenen sämtliche Lügen, bei denen sie Opfer waren. Verständlich, denn durch die Lüge wurde das entgegengebrachte Vertrauen enttäuscht. Etwas viel verlangt, unter diesen Umständen vom Belogenen zu erwarten, er solle die Täuschung seiner Person gutheißen. Unabhängig von diesen Fällen zählen zu den schlechten Lügen nicht nur diejenigen, die rauskommen und den persönlichen Ruf ruinieren. Es sind auch die Täuschungsmanöver, die mangelhaft vorbereitet oder präsentiert werden. Ziel muß es sein, schlechte Lügen aufs schärfste zu bekämpfen. – Entweder richtig täuschen oder bei der Wahrheit bleiben.

F. Lügen aus Bequemlichkeit

Wer will nicht seine Ruhe haben. Oft genug hilft da nur eine Lüge, um sich die nervenden Anrufer vom Hals zu halten. Oder die aufdringliche Nachbarin, die ständig zu wenig Milch, Zucker, Mehl im Hause hat und die Gelegenheit nutzt, schnell mal ihren gesamten Überhang an Klatsch loszuwerden. Die klassischen Lügen aus Bequemlichkeit finden am Telefon statt, weil der Anrufer einen nicht sehen kann. Damit sind sie gleichzeitig die bequemsten Lügen.

»Ich stand gerade unter der Dusche.«

»Ich bekomme gleich Besuch.«

NEIN EHRLICH, MUTTER - ICH LÜGE NICHT, BLOSS UM DICH LOSZUWERDEN...

»Ich habe Besuch.« (Bei laufendem Fernseher klappt das immer. Bei Thrillern schnell auf ein Talkshow-Program umschalten.)
»Ich hab' gleich einen wichtigen Termin.«
»Ich habe gerade ein Soufflé im Ofen.«
»Ich erwarte einen enorm wichtigen Anruf.«
»Hallo...Hallo? Mist! Das Telefon muß kaputt sein. Ich kann nichts hören!«

Steht einer dieser unangenehmen Zeitgenossen unangemeldet vor der Tür, gelten ähnliche Lügen. Hier empfiehlt es sich, absolut keine Zeit zu haben, weil man gleich zu einem dringenden Termin muß.

G. Lügen aus Gefälligkeit

Diese Unterart bezeichnet eine Lüge, mit der man sich selbst gefällig ist, die also einzig und allein dem Einschmeicheln bei anderen gilt. Nehmen wir als Beispiel die leidigen Fragen: Wie gefällt dir mein neues Kleid, mein neuer Anzug, meine neue

Frisur? Die Antwort: »Toll, paßt genau zu dir« läßt alle Möglichkeiten offen, da sie zweideutig ist. Sagt man aber: »Das Ding steht dir wirklich ausgezeichnet«, und das Gegenüber strahlt, hat man mit Sicherheit dem anderen eine Freude gemacht und damit auch für sich den Abend gerettet.

H. Lügen aus Angst

Hierunter fallen jene Lügen, bei denen man einer Strafe entgehen will. Der von Vattern geborgte Wagen hat beim Einparken eine persönliche Markierung am Kotflügel erhalten. Da muß schnellstens eine gut klingende Erklärung gefunden werden. Oder ein wichtiger Geschäftsabschluß wurde wegen eigener Fehler vermasselt. Nur eine gute Lüge kann jetzt noch helfen, um neben der Niederlage nicht auch noch in der Firma Zoff zu kriegen.

I. Lügen auf Kredit

Das sind die beliebten Versprechungen, von denen man schon weiß, daß man sie nie einhalten wird. Eine außerordentlich angenehme und bequeme Lügenvariante, da die Wahrheit erst in der Zukunft überprüft werden kann. So ist man zunächst aus dem Schneider und hat wertvolle Zeit gewonnen. Wer hat schließlich schon die Absicht, Versprechen einzulösen. Aber Vorsicht: Wenn es klappen soll, darf man seine Versprechen nicht inflationieren.

J. Flunkern

Flunkern ist meist eine Form der Übertreibung, die Münchhausenhaftes an sich hat. Dies dient nicht nur der eigenen Unterhaltung, sondern bedeutet vor allem Erleichterung für andere. So ist es sicherlich die sympathischste Form der Lüge schlechthin. Nehmen wir zum Beispiel einen Angler, der von seinem letzten Fang spricht und sämtliche Zuhörer damit amüsiert, daß der Fisch innerhalb von 20 Minuten mindestens um 50 cm größer wird.

K. Hochstapeln

Das sind in der Ursprungsform die Lügen, mit denen sich jemand fürchterlich aufbläst und vor anderen produziert.

Die feinsinnigere Form der prahlenden Lüge nutzt die Spezies der Hochstapler, die man in unseren Breiten in drei Grundtypen antreffen kann: der Metzger-Bäcker-Typ; der jugendliche Charmeur; der Grandseigneur. – Im Folgenden kurz A, B und C-Typ genannt.

Der A-Typ baut seine Legende mittelständisch auf. Das bedeutet, er trägt konservative, gepflegte Kleidung und läßt nicht den Weltmann raus. Seine finanziellen Ziele sind auf kurzfristige Darlehen in Größenordnungen zwischen 10 und 100 000 Mark gesteckt.

Der B-Typ, früher durch Felix Krull verkörpert, zeigt sich heute eher in der Maske des jungen, dynamischen Freizeittypen. Er bevorzugt die Branchen Warentermingeschäfte, Werbung und Immobilien. Seine Liquiditätsschwierigkeiten sind natürlich auch nur kurzfristig, bewegen sich aber in Größenklassen von 100 000 Mark aufwärts. Die bevorzugten Opfer sind im Gegensatz zu Typus A Boutiquenbesitzerinnen, Kosmetikerinnen, Nachtclubdamen und ähnliche Freundinnen der schnellen Geschäfte.

Der C-Typ besticht schon durch sein Äußeres, das einfach stimmig ist. Er trägt Maßanzüge, graumeliertes Haar, ist jenseits der 50, und Johannes Heesters könnte sein älterer Bruder sein. Er hat als Zielgruppe die wirklich reichen Witwen oder Singledamen der Upperclass. Ihm geht es auch nicht um kurzfristige Darlehen oder Geldbeträge, sondern um ganze Anwesen, die seinen Lebensabend sichern.

Der A-Typ präferiert als Jagdrevier den Ball der einsamen Herzen oder ähnliche Veranstaltungen. Nach den ersten zwei bis drei Treffen läßt dieser Typ wie folgt die Katze aus dem Sack: »Ich habe da drei Feinkostläden in Mittelfranken und bin in einer kurzfristigen finanziellen Bredouille. Neben einem meiner Läden hat ein Supermarkt neueröffnet, und ich muß die Angebotspalette erweitern. Sehen sie, die Banken nehmen inzwischen 10% Zinsen, und ich müßte mich auf ein Jahr festlegen. Ich brauche den Kredit aber nur für die nächsten drei Monate.«

Der B-Typ hat als jugendlicher Charmeur den unbestreitbaren Vorteil des Alters. Die Zeit ist in diesem Fall wirklich auf seiner Seite. Er hat sich gerade selbständig gemacht (Werbeagentur, Platten-Label, Dienstleistungsunternehmen...). Er wird zu seinem Opfer sagen: »Du weißt ja sicherlich, wenn man ein Geschäft gegründet hat und innovativ sein will, muß erst einmal investiert werden. Und die Banken geben nur dann Geld, wenn man Sicherheiten hat. Ich weiß, mit 100 000 Mark kann ich den Kahn flottkriegen. Das Kapital könnte ich innerhalb eines Jahres mit 20% Zinsen zurückzahle. Aber bevor ich zu einem Kredithai gehe, laß' ich lieber das ganze Projekt platzen.«

Der Typ C hat allein durch seine Berufserfahrung und sein Alter schon Umgangsformen, Dokumente und notariell beglaubigte Besitzunterlagen parat, die seine Glaubwürdigkeit und Größenklasse bestätigen (besonders leicht in unserer Zeit der fabelhaften Farbkopierer). »Meine Rinderzucht in Argentinien hat durch die Östrogen-Skandale und durch die angebliche Abholzung der Urwälder kaum noch Überlebenschancen. Ich muß so schnell wie möglich umstellen auf ökologisch annehmbare Strukturen. Mir schwebt da vor, auf Soja umzustellen, nur leider fehlen mir dazu zweieinhalb Millionen.«

Diese Beispiele sind nicht etwa willkürlich gewählt, sondern aus dem Leben gegriffen. Dinge dieser Art haben tatsächlich stattgefunden und werden immer stattfinden. Die Masche ist klar, aber es fällt immer wieder einer darauf herein, und Varianten sind ohne weiteres ableitbar. Der perfekte Hochstapler ist ein Lügner, der seine potentiellen Opfer mit geschultem Blick recht schnell erkennt. Er weiß um die Schwächen und Leichtgläubigkeit seiner Mitmenschen und nimmt dieses unwiderstehliche Angebot zu lügen dankend an.

1.7 Stellenwert der Lüge in der Gesellschaft

Die wahre Lüge ist so alt, wie es die Sprache gibt. Denn erst die Sprache ermöglicht uns, die hohe Kunst des Lügens zu entfalten.

APFEL? WELCHER APFEL?

Ob im Griechenland der frühen Antike oder in unserer heutigen Gesellschaft, die Lüge hat den Menschen stets durch die Geschichte begleitet. Unabhängig von Staatsformen, Krieg oder Frieden ist die bewußt eingesetzte Unwahrheit ein konstanter Kulturbestandteil; auch wenn sich ihr gesellschaftlicher Stellenwert mit der Zeit gewandelt hat.

Die Lüge ist ein zeitlos aktuelles Thema, über das seit Ewigkeiten Philosophen, Theologen und andere Moralisten diskutieren. Schließlich gibt schon die Bibel im alten Testament eine eindeutige Stellungnahme ab und prangert die Lüge als Sünde an. »Du sollst nicht falsches Zeugnis sprechen wider deinen Nächsten«, heißt es doch da im 8. Gebot.

Bis zum 5. Jahrhundert hatten die alten Denker einen unendlichen Reichtum an Standpunkten zur Ethik. Für die einen war Lüge der logische Gegensatz zur Wahrheit, für die anderen war sie das legitime Mittel zur Erhaltung des Individuums und der Gesellschaft. Schon damals stritten sich die Geister heftig über die Fragen: »Müssen Lügen grundsätzlich verurteilt werden? Gibt es nur eine Wahrheit? Ist nicht die Lüge manchmal besser als die Wahrheit?« Augustinus wollte dem Streit ein Ende setzen und verfaßte als erster eine leidenschaftliche Schrift »Über die Lüge«. Seine Quintessenz: ein eindeutiges Nein gegen die Lüge. Allerdings ließ er in Ausnahmefällen das Verschweigen der Wahrheit zu und erkannte, daß nicht für alle Lügen das gleiche Schuldmaß gelten kann.

Damit hatte Augustinus zwar verbal Stellung bezogen, jedoch mit seiner Antwort gleichzeitig zu erkennen gegeben, daß das Thema »Lügen« schwer zu greifen ist. Aus seinen öffentlichen Moralvorstellungen heraus mußte er die Lüge strikt ablehnen. Andererseits war er erfahren genug, um einzusehen, daß auch Unwahrheiten zu rechtfertigen sind. Der Beweis dafür, daß es nicht nur eine Wahrheit geben muß.

Da die Problematik »Lüge und Wahrheit« ein idealer Spielplatz für Geisteswissenschaftler ist, haben sich zu allen Zeiten Theoretiker dazu geäußert. Vom Wahrheitsfanatiker Kant, über Nietzsche bis zu Schopenhauer, jeder hatte seine Meinung. Das schönste Beispiel aus der Antike war Diogenes von Sinope, der vor rund 2400 Jahren sogar öffentlich demonstrierte. Am hellichten Tage mit einer Laterne ausgestattet, hielt er in der Stadt nach einem ehrlichen Menschen Ausschau. Er suchte immer weiter, um seinen Mitbürgern ein lebendes Mahnmal ihrer zahllosen Unehrlichkeiten zu sein.

Ein Beispiel ganz anderer Qualität ist der Philosoph Hegel. In seiner Habilitationsschrift bewies er ausführlichst, daß nur sieben Planeten existieren können. Trotz dieses Meisterwerks der damaligen Wissenschaft passierte etwas dummes. Noch bevor Hegel den Lehrstuhl erhielt, entdeckte man einen achten Planeten. Mit den Worten »die Tatsachen widersprechen aber Ihren Behauptungen« wurde Hegel auf die offenkundige Unwahrheit angesprochen. Seine Reaktion: »Um so schlimmer für die Tatsachen.«

Freud äußerte sich vergleichsweise positiv zur Lüge. Er betrachtete es als einen strittigen Punkt, ob nicht ein gewisser Grad an gesellschaftlicher Heuchelei unentbehrlich ist für den Fortbestand der Zivilisation. Noch eindeutiger formulierte es der französische Lügenforscher Marcel Eck: »Eine Gesellschaft, in der jegliche Wahrheit offen herausgesagt wird, gleicht eher der Hölle als dem Paradies. Nicht die Wahrheit zu sagen, ist manchmal sogar Pflicht.« Und die U.S.-Amerikaner Wolk/Henly finden: »Ehrlichkeit ist häufig nur die beste Politik eines Verlierers, Strohmannes oder grobschlächtigen Charakters.« Die treffendste Bemerkung wird jedoch Papst Paul IV. nachgesagt: »Die Welt will getäuscht sein, also werde sie getäuscht.«

In allen Epochen ist die Schwierigkeit im Umgang mit der Lüge geblieben. Da Wahrheit ein ethischer Wert ist, muß das vermeintliche Gegenteil, die Lüge, als Verstoß gegen die menschliche Moral beurteilt werden. Dementsprechend wird es nie eine Gesellschaft geben, die Lüge quasi als einwandfreies Kommunikationsmittel gutheißt.

Allerdings wissen wir auch, daß Lüge moralisch abzulehnen und selber nicht zu lügen, häufig zweierlei ist. Unzählige Beispiele aus der Geschichte dokumentieren: Wer die Macht will, muß von allen die unbedingte Wahrheit fordern; um sich dann gegebenenfalls selbst der Lüge zu bedienen.

Bei allen gesellschaftlichen Entwicklungen ist die Wertigkeit des Begriffes Lüge konstant geblieben: als massiver Vorwurf, der um so schwerer wiegt, je stärker das Vertrauensverhältnis ist; im privaten ebenso wie im öffentlichen Leben.

Dennoch hat die Lüge eine Evolution erfahren. Ihr heutiger Stellenwert in der Gesellschaft unterscheidet sich wesentlich von den Zeiten, in denen beispielsweise unsere Großeltern aufgewachsen sind. Die damalige Sittenlehre gilt nicht mehr, die Moralvorstellungen haben sich verändert. Heutzutage sind Sünde, Schande und Schuldbewußtsein weniger dramatische Themen, als sie es früher waren.

So ist es wohl ein offenes Geheimnis, daß die meisten Wahlversprechen Lügen sind. Um andere Parteien auszustechen, begeben sich viele Politiker geradezu in einen öffentlichen Lügenwettstreit. Damit, daß die Konkurrenz sich der Unwahrheit bedient, rechtfertigen sie ihr eigenes Handeln.

Und obwohl die Wähler um die Lügengeschichten wissen, möchten sie doch an die geschönten Wahrheiten glauben. Weniger eine Frage von Schuld als vielmehr der freien Entscheidung des einzelnen.

Machen wir uns also nichts vor. Heutzutage wird in allen gesellschaftlichen Bereichen geschwindelt, vom Bundesligatrainer bis zum Bürgermeister. Schließlich geht es darum, das persönliche Image zu schonen und zu schönen, eine wichtige Position zu gewinnen oder zu halten. Die Lüge ist ein gebräuchlicher Spielstein im Gesellschaftsspiel.

In den alten, streng moralischen Zeiten galt die Analogie ehrlich sein = Wahrheit sagen = nicht lügen. Unabhängig davon, ob und wie häufig der einzelne sich über diese Scheinlogik hinwegsetzte, war dies die damals geltende ethische Vorstellung. Diese holzschnittartige Moral ist inzwischen aufgelöst. Das heutige Verständnis der Lüge ist wesentlich differenzierter. Sie wird als gesellschaftlicher Bestandteil begriffen und in Maßen akzeptiert. Die Toleranz gegenüber kleineren und größeren Unwahrheiten ist deutlich größer geworden. »Lügen oder nicht lügen?« ist keine moralische Grundsatzfrage mehr, sondern ein Thema, das vergleichsweise locker am Einzelfall entschieden wird.

Natürlich trifft man auch heute noch Minderheiten, die der festen Überzeugung sind: Lügen – nie und nimmer. Doch die sind entweder moralische Überbleibsel, naive Zeitgenossen oder hervorragende Lügner, die sich mit dem richtigen Image zu tarnen wissen. Die Mehrheit bekennt sich – wenn auch nicht unbedingt öffentlich – zum Lügensport, sofern er fair betrieben wird. Unterschieden wird zwischen harmlosen und schweren, guten und böswilligen Lügen. Ausschlaggebend ist dabei, ob und in welchem Maße der Beschwindelte zu Schaden kommt. Gesetzliche Verbote sind dabei nicht unbedingt die Meßlatte. Denn bei der Spesenabrechnung oder Steuererklärung zu lügen, empfinden manche als harmlos und legitim, andere jedoch als verwerflich und ungesetzlich.

Wird die Lüge also auch heute nicht öffentlich propagiert, so sieht man sie doch eher als moralisches Kavaliersdelikt. Fest steht: Lügner haben weder kurze Beine noch lange Nasen und kommen garantiert auch in den Himmel.

1.8 Zur Moral der Lüge – wann ja, wann lieber nicht?

Gleichgültig, ob man meint, mit den erfolgreichen Schwindeleien der anderen konkurrieren zu müssen, oder sich von naiven Wahrheitsfanatikern umzingelt fühlt: Nicht die Moralvorstellungen anderer sind ausschlaggebend, sondern zunächst die eigene Beurteilung. Ansonsten sollte man das Thema bloß nicht zu verbissen betrachten. Es ist keine schwerwiegende Grundsatzdiskussion, bei der es um die Quizfrage geht: Lüge ich immer und in allen Lebenslagen oder schlage ich mich prinzipiell mit der Wahrheit durch? Jeder vernünftige Mensch braucht die Lüge, zumindest dann und wann. Somit kommt es allein darauf an, wie man sein persönliches Mischungsverhältnis aus Wahrheit und Lüge definiert.

Für die individuelle Bewertung sollten folgende Punkte berücksichtigt werden:

- Welchen Nutzen bringt mir die Lüge, welchen Schaden dem Belogenen?
- Wie ist das Gefühl danach; empfinde ich Reue, Schuld, Gleichgültigkeit oder Schadenfreude?
- Welches Motiv habe ich für meine Schwindelei?

Die meisten Lügen lassen sich auf die folgenden Motive zurückführen. Vielleicht eine Hilfestellung, um die eigene moralische Bandbreite abzustecken.

Unterhaltungslust: Schwindeleien, Tricks und Späße mit der Unwahrheit, um sich im stillen oder mit anderen zu amüsieren.

Aus Probierlust: Lügen, mit denen man seinen eigenen Scharfsinn und sein schauspielerisches Talent auf die Probe stellen, vor allem aber die Intelligenz seines Opfers testen will.

Aus Rücksichtnahme: Geschönte Wahrheiten, die der Belogene gerne hört bzw. hören möchte, wie tröstende, motivierende oder anerkennende Worte.

Aus Trägheit: Rasche Ausreden oder Ausflüchte, um seinen Gesprächspartner kurzerhand abzuspeisen. Eine lange Erklärung wäre zu kompliziert oder zu zeitaufwendig.

Aus Höflichkeit: Unwahre Nettigkeiten, Phrasen und Worthülsen, die man dem anderen schenkt, weil es die Konventionen verlangen oder eine angenehme Atmosphäre garantiert.

Aus Angst: Man lügt aus Selbstschutz, um sein Mißgeschick oder Fehlverhalten zu vertuschen und der Strafe zu entgehen.

Aus Geltungssucht: Image-Lügen, die auf Halbwahrheiten basieren oder völlig aus der Luft gegriffen sind. Entweder zur Stärkung des Egos oder zur Profilierung vor Kollegen, Freunden oder Vorgesetzten. Geld, Beziehungen, Statussymbole und persönliche Leistungen sind die prägenden Inhalte, um die beabsichtigte Anerkennung zu ernten.

Aus Manipulation: Feinsinnig ausgeklügelte Lügengeschichten, um damit andere für sich zu beeinflussen. Zu persönlichen, beruflichen oder politischen Zielen möglich.

Aus Bosheit: Gezielte böswillige Unwahrheiten mit rachsüchtigen Absichten – Intrigen, Verleumdungen, Rufmord etc.

Aus Betrugsabsicht: Lügen, um sich zu bereichern und jemand anders Schaden zufügen.

Soweit das zur Verfügung stehende Angebot der Lügenmotive ohne jede Wertung. Wie schon gesagt: Jeder muß für sich selbst entscheiden, wie weit er gehen will. Wer die Kunst des Lügens jedoch richtig begreift, weiß zwischen moralisch vertretbaren und böswilligen Unwahrheiten zu unterscheiden. Denn beim Schwindeln kann man auch Spaß haben, ohne anderen Schaden zuzufügen. Schließlich ist die Lüge ein soziales Gestaltungselement, um unangenehme Wahrheiten erträglicher zu machen.

HABEN SIE ETWAS ZU VERZOLLEN?

1.9 Originaltöne

Natürlich wurden auch Originalstimmen zum Thema Lüge gesammelt. Das heißt: Bekannte und Wildfremde wurden mit der Frage konfrontiert »Wie haltet ihr es mit der Lüge? Mit welchen Tricks und zu welchen Gelegenheiten belügt ihr eure lieben Mitmenschen?« Hier eine kleine Auswahl aus den repräsentativen Kurzinterviews.

»Ich lüge eigentlich fast nie, aber wenn, dann verwende ich Floskeln wie 'das weiß ich nicht mehr so genau' oder 'da kann ich mich gar nicht mehr dran erinnern'. Ich mache also oft auf Amnesie, und das klappt gut.«

»Über meine eigenen Lügen habe ich mir bisher kaum Gedanken gemacht, aber ich glaube, wenn einer einen Satz mit 'ehrlich gesagt' anfängt, folgt mit Sicherheit oft eine Lüge.«

»Ich lüge nicht, ich schummle nur. Ich sage ein bißchen was von der Wahrheit und lasse auch viel weg. Ich halte mich bedeckt.«

»Ausreden sind eine Art Notlüge, und die benutze ich oft Kunden gegenüber, wenn ich Termine nicht einhalten kann. Zum Beispiel 'mein Drucker spinnt' oder 'mein Computer ist abgestürzt'.«

»Ich lüge, weil die meisten Menschen nicht mit der Wahrheit leben können.«

»Richtige Lügen gibt es für mich nicht. Das ist nur eine modifizierte Form der Wahrheit.«

»Ich merke Leuten, die ich kenne, ihre Lügen an, wenn sie sich häufiger wiederholen oder meinen, etwas wer weiß wie oft erläutern zu müssen.«

»Lügner sind im Prinzip risikofreudige Leute, Spieler halt.«

»Man muß sich oft Lügen einfallen lassen, weil die Wahrheit nicht akzeptiert wird.«

»Das letzte Mal habe ich gestern gelogen. Da hatte ich einen Anruf von einer Dame, mit der ich mich nicht länger unterhalten wollte. Da hab' ich gesagt, ich käme gerade aus dem Bad und würde den ganzen Teppich naßtropfen.«

»Im Beruf und in langfristigen Beziehungen muß man lügen. Das ist dann nämlich eine Frage der Überlebenstechnik.«

»Ich lüge nur, wenn ich aus einer Situation sonst keinen anderen Ausweg sehe.«

»Ich achte sehr auf die innere Logik meiner Lügen. Alle Eventualitäten bedenke ich vorher.«

»Es ist meine feste Überzeugung, daß jede Form von Lügen gefährlich ist, weil man mit der Zeit Wahrheit und Lüge nicht mehr unterscheidet.«

»Lüge ist nur Lüge, wenn du dabei ertappt wirst. Und das passiert mir äußerst selten.«

»Ich benutze nur leichte diplomatische Lügen, wo ich die Konsequenzen überschauen kann.«

»Wenn ich früher gelogen habe, habe ich gebeichtet und damit war die Sache geregelt. So gesehen hat die Kirche Anteil an der Verbreitung von Lügen.«

»Die Lüge ist inzwischen nicht nur gesellschaftsfähig, sondern sogar gesellschaftsfördernd.«

»Wenn ich jemandem mit einer Lüge eine Freude mache, beispielsweise durch Lob, wo es nicht angebracht ist, habe ich doch eine gute Tat vollbracht.«

»Die Grundaussage meiner Lügen ist immer simpel. Denn, wer sich zuviel ausdenkt, wird leicht mißverstanden. Dennoch verzichte ich nie auf eine gewisse Originalität.«

»Grundsätzlich bin ich gegen Lügen, weil man das Vertrauen anderer nicht mißbrauchen sollte. Dennoch gibt es Ausnahmen, die sich aber nur auf kleinere Flunkereien beziehen.«

»Manchmal lüge oder schwindele ich, obwohl ich das eigentlich gar nicht will. Da geht einfach die Phantasie mit mir durch. Und am Ende hören sich die Geschichten einfach schöner an.«

»Schlimmer als Lügen finde ich es, wenn jemand rücksichtslos die Wahrheit herausposaunt, ohne sich Gedanken über die Gefühle des Betroffenen zu machen.«

»Ich weiß, man soll nicht lügen. Das bekommt man ja schon als Kind eingetrichtert. Trotzdem lüge ich manchmal, habe dann aber auch immer ein schlechtes Gewissen danach.«

»Am schönsten ist es, in der Gruppe zu lügen. Dann hüten alle ein Geheimnis und machen sich einen Spaß daraus, die Uneingeweihten und Neugierigen nach Strich und Faden zu verladen.«

»Ich liebe es zu lügen, dieses Strippenziehen mit Wahrheit und Erfundenem. Es hat geradezu einen spielerischen Reiz für mich.«

1.10 Die Angst, erwischt zu werden

Wie heißt es doch richtig: »Angst zu haben, ist nichts Schlimmes. Nur muß man lernen, damit umzugehen und sie zu überwinden.« Dies gilt auch für das Lügen.

Das Maß der Angst ist unterschiedlich. Es hängt von der jeweiligen Situation ab ebenso wie von der einzelnen Person. Je mehr Erfahrung man im Lügen hat, desto geringer ist die Angst, wenn man jemanden an der Nase herumführen will. Je mehr Können man dem anderen zutraut, eine Lügengeschichte zu entlarven, desto größer ist die Angst, erwischt zu werden. Ebenso verhält es sich, wenn für den Lügner eine Menge auf dem Spiel steht.

Auch die Persönlichkeit des Lügners spielt eine Rolle. Hat er das notwendige Selbstbewußtsein und weiß, seine Lügengeschichte mit Überzeugung vorzutragen, oder ist er schon von Haus aus eher ängstlich?

Außerdem, wenn man nicht voll hinter seinem Handeln steht, dann quält ein Schuld- oder Schamgefühl bei der Lüge. Das Resultat ist eine nagende Angst, erwischt zu werden. Doch egal wie man sich und die Situation einstuft, jeder kann das Lügen und den Umgang mit der Angst erlernen.

Grundsätzlich ist die Sache mit der Angst beim Lügen eine vielschichtige Angelegenheit. Einerseits kann sie blockieren, überhaupt zu lügen. – Das ist natürlich schade, weil man den Spaß, die Spannung und den Genuß des Lügens nicht selbst erleben kann.

Eine andere Möglichkeit ist, daß die Angst, erwischt zu werden, uns zwar nicht vom Lügen abhält, aber doch deutlich behindert. Überwiegt diese Angst, so besteht die Gefahr, daß man schlecht lügt, entscheidende Fehler macht oder sich sogar verrät. – Daher gilt als Faustregel für Profi-Lügner: Bevor man schlecht lügt, lieber bei der Wahrheit bleiben.

Zu lügen ohne Angst vor der Entblößung ist ebenso gefährlich. Das wird leicht fahrlässig, arrogant und respektlos. Eine solche Selbstüberschätzung endet häufig mit dem Fall. Man lügt unkontrolliert ohne Feingefühl und wird erwischt. Das Spiel ist aus, und zwar endgültig. Man hat den Ruf als Lügner weg.

Die Wahrheit liegt wie so häufig in der Mitte. Auch der erfahrenste Lügner braucht ein gesundes Maß an Angst.

Neben dem Vorteil, daß die Angst zur Vorsicht erzieht, erfüllt sie noch eine weitere grundsätzliche Funktion. Ohne Angst würde das Lügen seinen Reiz verlieren. Dann gäbe es für den Lügner ja nichts mehr zu verlieren, falls er erwischt wird. Und Lügen ohne Angst vor Entlarvung ist wie Essen ohne Geschmack.

Für den lernwilligen Laien-Lügner bietet die Angst eine gute Meßlatte, quasi als persönliche Kontrollinstanz. An dem Maß seiner Angst kann er abschätzen, ob er tatsächlich die Unwahrheit sagen sollte oder lieber nicht.

1.11 »Ich kann nicht lügen« – das große Vorurteil

»Wenn ich nur daran denke, daß ich lüge, werde ich schon tomatenrot. Selbst wenn ich wollte, ich kann einfach nicht schwindeln...« Das ist die typische Äußerung eines Unkundigen.

Ähnlich populäre Fehleinschätzungen findet man in Schule und Uni, wenn Kollegen sich einfach nicht zutrauen, mit Erfolg zu schummeln. Es mangelt den einzelnen dabei nicht an der moralischen Bereitschaft, die Prüfungssituation mit einem unerlaubten Täuschungsversuch zu meistern. Vielmehr ist das mangelhafte Selbstvertrauen der entscheidende Hemmschuh. Neidisch beobachtet man, wie scheinbar jeder Sitznachbar mit allen technischen Raffinessen mogelt, und fragt sich voller Verzweiflung »warum nur kann ich es nicht?«

Die Ursachen für die falsche Schüchternheit können unterschiedlich sein. Vielleicht ist es das aus der Erziehung stammende Moralverständnis, das noch tief im Unterbewußtsein verwurzelt ist. Oder es ist die Furcht vor der Blamage, falls man beim Schummeln ertappt wird. Wenn man dann auch noch in der Vergangenheit eine Bruchlandung erlebt hat, stuft man sich eben als hoffnungslosen Fall ein.

Beim Schummeln verhält es sich genauso wie beim Lügen. Es ist allein eine Frage von Technik und Erfahrung. Komplizierte Täuschungsmanöver mit hohem Schwierigkeitsgrad sind nichts für den noch ungeübten Laien oder verunsicherten Einsteiger. Hier muß mit einem vernünftigen Basistraining begonnen werden, um das Grundvertrauen in die eigene Geschicklichkeit zu erwerben. Erst nach entsprechender Erfahrung mit einfachen Praktiken kann man sich langsam über einen Stufenplan an die verfeinerten Methoden herantasten.

Entscheidend ist jedoch: Hoffnungslose, d.h. lügenunfähige Versager gibt es nicht. Mit der richtigen Einstellung und der notwendigen Geduld kann jeder dieses Spiel erlernen. Und das ist garantiert keine Lüge.

1.12 Die erfolgreiche Lüge, eine stille Kunst

»Die Lüge bedarf gelehrter, die Wahrheit einfältiger Leute«, sagt der Volksmund zu Recht.

Der erfolgreiche Lügner ist ein Künstler. Er besitzt ein ausgeprägtes Talent, ist geistesgegenwärtig, flexibel, kreativ und schauspielerisch begabt. Gutes Lügen ist somit zweifellos eine Form der darstellenden Kunst.

Leider jedoch ist es eine stille Kunst. Der Erfolg einer Lüge besteht in ihrem Geheimnis. Sie muß unentdeckt bleiben. Man kann sich nicht mit ihr schmücken, bekommt keine Anerkennung und keine Medaillen.

Das unterscheidet den Lügner zum Beispiel ganz wesentlich vom Schauspieler, der sich nach dem letzten Vorhang vor dem Publikum verbeugt, für seine gute Vorführung feiern läßt und am nächsten Tag lesen kann, wie er beurteilt wurde. Der Lügner dagegen ist nach seinem vielleicht bühnenreifen Akt der Täuschung mit dem Erfolg allein gelassen. Keine stehenden Ovationen, Blumen oder Bravo-Rufe. Seinen persönlichen Triumph kann er nur mit sich in Einsamkeit und Stille feiern.

Wie ein Grab muß der Lügner sein Geheimnis bewahren. Denn der Erfolg jeder Schwindelei hängt ganz wesentlich vom Vertrauen des Opfers ab. Deshalb sind die besten Lügner diejenigen, denen man eine Unwahrheit nie zutrauen würde. Dank ihres engelhaften Images sind sie die wahren Profis.

Diejenigen, die mit ihrer Schwindelei einmal entlarvt wurden, haben ausgespielt. Ihre Lügenkarriere ist in der Regel abgeschlossen. Jemandem mit diesem Image nimmt niemand mehr etwas ab. Oder mit den Worten der Volksweisheit: »Wer einmal lügt, dem glaubt man nicht, und wenn er auch die Wahrheit spricht.«

In einem solchen Fall sind nur noch besonders ausgefeilte Lügentechniken einsetzbar. Meist ist es jedoch ein guter Zeitpunkt, umzuziehen, neue Leute kennenzulernen und ein noch brachliegendes Betätigungsfeld zu suchen.

Wer jedoch mit der notwendigen Sorgfalt operiert und die Grundregeln der Lügenkunst beachtet, hat nichts zu befürchten. Dem erfolgreichen Verschönen der Wahrheit steht nichts im Wege. »Die Welt ist eine Bühne nur, die Frauen und Männer bloße Spieler…« (Shakespeare)

II.
ERFOLGREICH LÜGEN LEICHT GEMACHT

2.1 Kleine Lügnertypologie

So wie die Lüge in unterschiedlichsten Formen auftreten kann, gibt es auch diverse Typen von Lügnern. Gemeint ist das äußere Auftreten. Teilweise spiegelt es den Charakter wider, teilweise den Gefühlszustand beim Schwindeln. In manchen Fällen ist die Art, wie man sich beim Lügen gibt, eine hilfreiche Tarnung, manchmal ein verräterrisches Indiz und die erste Spur zur Entlarvung.

Typ 1: »Hummer«

Schon bevor die Lüge überhaupt ausgesprochen wird, ist sie für jedermann erkennbar. Die Nervosität des Akteurs ist fast greifbar, das Unwohlsein steht ihm ins Gesicht geschrieben. Innerlich nagen Zweifel an der Glaubwürdigkeit: »Oh, verdammt, alles wird rauskommen...« Das Lampenfieber hat Oberhand. Der knallrote Kopf verrät schon auf Distanz: Achtung, hier ist etwas oberfaul!

Typ 2: »Butler«

Inhaltlich ist die Schwindelei perfekt vorbereitet. Die Aussagen stimmen, die Logik in der Argumentation ist schlüssig. Nur die Art und Weise, wie die Schwindelei vorgetragen wird, ist steif, verkrampft und wirkt geradezu künstlich. Das Signal für den Belogenen: »Moment mal! Der versucht mir doch glatt einen Bären aufzubinden...«

Typ 3: »Woody Allen«

Dies ist eine ganz besondere Gattung von Lügner. Er wirkt unbeholfen, tollpatschig und harmlos. Das, was er sagt und die zögerliche Art, wie er auf umständliche Weise oder mit naiver Schlichtheit erzählt, verblüfft jeden. Seine Äußerungen erscheinen unvorbereitet und spiegeln offenbar seinen momentanen Gefühlszustand wider. Er ist eindeutig das Gegenteil von militärischer Präzision und Disziplin. Seine hilflos wirkende Gestik und Rhetorik erzeugen Mitgefühl und Überlegenheit bei jedem Gesprächspartner. Unmöglich, daß so jemand schwindelt. Schließlich ist die Person ganz offensichtlich schon voll damit ausgelastet, ihre eigenen Unsicherheiten und Komplexe zu überwinden. – Und genau deshalb ist dies ein so raffinierter Lügnertyp. Niemand würde ihm die Gerissenheit und Fähigkeit zutrauen, mit einem solchen Auftreten faustdicke Lügen zu verbraten. Der Haken ist allerdings, daß er auf diese Masche nur Leute leimen kann, die ihn nicht kennen.

Typ 4: »Showmaster«

Rhetorische Gewandtheit und ein unterhaltsames Auftreten sind seine charakterischen Eigenschaften. Diese Trumpfkarten weiß er geschickt einzusetzen. Mit strahlendem Zahnpastalächeln und spielerischer Leichtigkeit lenkt er souverän das Gespräch. Was von seinen Erzählungen unwahr sein könnte, läßt sich beim besten Willen nicht sagen. Denn sie klingen einfach rund und wie aus dem Leben gegriffen. Selbst wenn er unter Druck schwindeln muß, fällt ihm schnell eine plausible Erklärung für seine Unwahrheit ein. Nur bei argwöhnischen Opfern hat er einen schweren Stand. Sie halten seine Art für typische Vertretermanier und denken: »Das klingt mir einfach zu glatt und zu perfekt.«

Typ 5: »Gutsherr«

Er ist die Verkörperung von Autorität, Gelassenheit und Erfahrung. Mit seinem gewichtigen Auftreten beherrscht er die Szene.

Nichts kann ihn aus der Ruhe bringen. Selbst banale Aussagen klingen aus seinem Munde bedeutungsvoll und wohldurchdacht. Irgendwie haben seine Worte etwas Endgültiges. Man weigert sich geradezu, seine Äußerungen anzuzweifeln oder gar Lügen dahinter zu vermuten. Auch wenn die Fakten ganz offensichtlich gegen die volle Wahrheit sprechen, will man ihm einfach wegen seiner väterlichen Ausstrahlung glauben: »Ja, das stimmt wohl. Von dieser Seite habe ich es noch gar nicht betrachtet...«

Typ 6: »Manager«

Seine Täuschungsmanöver sind wie sein Auftreten – selbstbewußt, gradlinig und sportlich-dynamisch. Mit der Gewissenhaftigkeit eines Buchhalters hat er die einzelnen Lügenbausteine überprüft und zurechtgelegt. Sein Bluff sind die Fakten, mit denen er meisterhaft zu jonglieren versteht. Mit sachlicher Überzeugungskraft und gezielter Gestik führt er seine Opfer an der Nase herum. Die Statements sind klar und einfach, die Inhalte seiner Aussagen wasserdicht. Wahrheiten, Halb- und Unwahrheiten sind mit schlüssiger Logik zu Kausalketten verwoben. Bei kritischen Zwischenfragen regiert er prompt und hat stets eine plausible Erklärung parat. Nur wer ihn durch unstreitige Tatsachen kalt erwischt oder selber geschickt blufft, kann diesen Typ zur Strecke bringen.

Typ 7: »Alexis Colby«

Sie ist die Weiblichkeit in Person; obwohl es auch ein männliches Pendant gibt. Mit Gerissenheit und Kalkül hat sie ihre Lügengeschichte durchdacht und praktiziert jetzt die Kunst der Ablenkung. Um den anderen zu überzeugen, setzt sie all ihre Waffen ein, vor allem aber die weiblichen. Ihre äußere Wirkung auf Männer weiß sie geschickt zu nutzen, kokettiert mit ihren Reizen und umgarnt den Gesprächspartner mit Charme. Sie will nichts anderes, als ihrem Opfer das Gefühl geben, beide würde etwas ganz Besonderes miteinander verbinden. Der Belogene ist gefangen, denn er möchte diese vertrauliche Atmosphäre keinesfalls zerstören. Selbst argwöhnische Menschen werfen ihre Zweifel in einer solchen Situation nur zu gerne über Bord und sagen sich: »Meine Instinkte müßten mich schon sehr täuschen, wenn mir nicht die Wahrheit erzählt wird...«

Typ 8: »Nice Guy«

Er ist der nette Junge von nebenan, der es bestens versteht, gerade bei älteren Leuten zu landen. Der klassische Typ, den sich so manche Mutter als Schwiegersohn wünscht. Aufmerksam, höflich und wohlerzogen zeigt er sich im Umgang. Sein jugendlicher Charme wird gleichgesetzt mit einer »weißen Weste«. Daß er damit raffiniert und berechnend seine Schwindeleien tarnt, würde man nie glauben. Er hat leichtes Spiel. Denn er weiß genau, seine Opfer wollen in ihm einfach den netten, ehrlichen Jungen sehen. Um diesen Vorteil noch zu verstärken, baut er sich seine Geschichten stets so zurecht, daß sie eine angenehme Vorstellung für den Belogenen darstellen. Selbst wenn man diesem Filou einmal auf die Schliche kommt, wird so manche Unwahrheit toleriert und mit seiner Jugendlichkeit entschuldigt. Er ist eben einfach ein netter Junge.

Typ 9: »Hochstapler«

Schauspielerei ist seine hervorragendste Fähigkeit. Er ist ein Meister des Fachs, ein Verwandlungskünstler, besser als jedes Chamäleon. Nicht nur die unterschiedlichsten Rollen beherrscht er, sondern auch die gesamte Bandbreite der Lügentricks. Wie er sich und seine Schwindelei präsentiert, macht er alleine von seinem Opfer abhängig. Wo ist die Schwachstelle, welcher Trick greift am besten? Wenn überhaupt seine Lügen herauskommen, dann ist es meist der Zufall, der ihm zum Verhängnis wird. Und auch dann noch wollen manche Belogene die Wahrheit nicht glauben. Oder sie schweigen ganz bewußt, um der Peinlichkeit zu entgehen, zugeben zu müssen, wie leichtfertig sie sich blenden ließen.

Typ 10: »Spieler«

Er ist eine Unterart des vorherigen Typs. Im Gegensatz zum souveränen Hochstapler ist er weniger auf Sicherheit bedacht, sondern extrem risikofreudig. Man könnte ihn auch als chronischen Lügner bezeichnen. Wie beim Berufsspieler ist er von seinem System und Können überzeugt. Der Kitzel beim Täuschen ist wie eine Droge. Ständig sucht er die Herausforderung und will seine Künste unter Beweis stellen. Die Tatsache, daß er selten oder gar nicht erwischt wird, verführt ihn zu spontanen Lügen ohne Vorbereitung. Sein Talent ist zweifellos außergewöhnlich, doch fehlt ihm der Realitätssinn. Deshalb muß er eines Tages scheitern.

Sämtliche dargestellten Typen stellen vereinfachte Bilder dar, die für Männer gleichermaßen wie für Frauen gelten. Im täglichen Leben sind sie weniger leicht erkennbar und die Übergänge fließend. In welche Lügnerrolle man schlüpfen möchte, hängt von der jeweiligen Situation und der Selbsteinschätzung ab. Die Entscheidung fällt in der Regel am einfachsten, wenn der darzustellende Lügnertyp nicht zu stark von der eigenen Persönlichkeit abweicht. Dann läßt sich auch das Opfer am ehesten täuschen, weil das Verhalten nicht unnatürlich oder gestellt wirkt. Auch wenn man glaubt, typmäßig zum Schwindeln völlig ungeeignet zu sein (siehe Typ »Hummer«), kann man seine eigentlich verräterischen Lügensignale zum Vorteil nutzen. Einleitende Worte wie »es ist einfach schlimm, bei jeder Kleinigkeit werde ich gleich rot..., ich bin immer so aufgeregt, dabei habe ich gar keinen Grund dazu...« bauen nicht nur die eigene Nervosität ab, sondern haben auch eine tarnende Wirkung. Erklärt es doch dem Gesprächspartner »ehrlich«, daß die offensichtliche Unruhe ein Dauerzustand und kein Lügenindiz ist.

2.2 Welcher Lügner sind Sie? – Ein Persönlichkeitstest

Zu jeder guten Therapie gehört zunächst eine seriöse Analyse. Außerdem sollten wir uns bei dem ernsten Thema Lügenkunst nichts vormachen. Hier ist Ehrlichkeit gefragt. Im Sinne einer soliden Bestandsaufnahme geht es in diesem Kapitel darum, daß Sie sich und ihre schon vorhandenen Fähigkeiten einzuordnen und einzuschätzen wissen. Hand aufs Herz, welcher Lügner-Typ sind Sie?

1. Sie erhalten einen Brief, bei dem die Briefmarke nur undeutlich abgestempelt ist. Kleben Sie dieselbe Marke erneut auf einen anderen Brief?

☐ ja ☒ selten ☐ nie

2. Hoppla, vor Ihnen auf dem Gehsteig liegt eine Brieftasche mit 100 Mark Inhalt und Personalpapieren. Behalten Sie den Hunderter als Finderlohn und geben nur den Ausweis ab?

☐ ja ☐ selten ☒ nie

3. Gerade haben Sie ihren Wochenendeinkauf erledigt und stellen im Supermarkt fest, daß Sie zuviel Wechselgeld erhalten haben. Statt eines 10 Mark-Scheines haben Sie 100 Mark bekommmen. Klären Sie den Fehler auf?

☐ ja ☐ selten ☒ nie

4. Beim Ausparken ist Ihnen ein Malheur passiert. Sie haben einen fremden Wagen deutlich sichtbar angekratzt. Keiner hat es gesehen. Fahren Sie einfach weiter?

☒ ja ☐ selten ☐ nie

5. Von Freunden bekommen Sie ein grauenhaftes Geschenk zum Geburtstag. Sagen oder zeigen Sie, was Sie davon halten?

☐ ja ☒ selten ☐ nie

6. Eigentlich sind Sie kerngesund, aber heute haben Sie wirklich keine Lust, ins Büro zu gehen. Melden Sie sich krank?

☐ ja ☒ selten ☐ nie

7. Nach der Betriebsfeier haben Sie die Nacht bei einem Kollegen verbracht. Gestehen Sie ihrem Mann den Ausrutscher?

☒ ja ☐ selten ☐ nie

8. Sie werden mit Lob überschüttet für eine Arbeit, die Sie selber nur zu einem kleinen Teil angefertigt haben. Klären Sie den Irrtum auf?

☒ ja ☐ selten ☐ nie

9. Wieder im Supermarkt. Sie stellen fest, daß eine Dose Ihres bevorzugten Hundefutters irrtümlicherweise wesentlich preiswerter ausgezeichnet ist. Nehmen Sie die Chance wahr?

☒ ja ☐ selten ☐ nie

10. Dumme Sache, Sie wurden ohne Fahrkarte in der U-Bahn erwischt. Ausweisen können Sie sich nicht. Geben Sie einen falschen Namen an?

☐ ja ☐ selten ☒ nie

11. Polizeikontrolle. Sie sind sich nicht sicher, ob Sie zuviel getrunken haben. Wenn Sie zugeben, überhaupt etwas Alkoholisches getrunken zu haben, müssen Sie blasen. Gestehen Sie trotzdem?

☐ ja ☐ selten ☒ nie

12. Sie wissen, daß Ihr Freund fremdgegangen ist. Seine Frau fragt Sie argwöhnisch aus. Geben Sie Ihre Informationen preis?

☐ ja ☐ selten ☒ nie

13. Sie kaufen sich ein teures Kleidungsstück. Am Abend beschädigen Sie es versehentlich. Reklamieren Sie am nächsten Tag im Geschäft?

☐ ja ☐ selten ☒ nie

14. Von Ihrer Schwester werden Sie zu Recht beschuldigt, in ihrem Tagebuch gelesen zu haben. Geben Sie es zu?

☐ ja ☐ selten ☒ nie

15. Durch eine Lüge hätten Sie die Möglichkeit, befördert zu werden. Bleiben Sie ehrlich und verzichten auf den Aufstieg?

☐ ja ☐ selten ☒ nie

16. Pech gehabt, trotz aller Vorsicht wurden Sie beim Lügen ertappt und sollen jetzt gestehen. Versuchen Sie sich rauszureden?

☐ ja ☒ selten ☐ nie

2.2.1 Auswertung und ihr persönliches Testergebnis

Typ A: Sie haben bei allen 16 Fragen »nie« angekreuzt

Sie sind der typische Wahrheitsfanatiker, der mit einer gehörigen Portion Naivität durchs Leben schreitet. Jede Form von Egoismus und Opportunismus erscheint Ihnen menschenfeindlich und Ihrer nicht würdig. Entweder sind Sie blind und sehen nicht das Lügentheater um Sie herum, oder Sie wollen die Wahrheit der Lüge nicht einsehen. Ein Tip für Ihr Lebensglück: Gehen Sie auf eine einsame Insel, begeben Sie sich direkt dorthin und träumen Sie weiter. – Aber jetzt seien Sie mal so ehrlich, wie Sie behaupten: Wem wollen Sie eigentlich einen Bären aufbinden? Sie können Ihrer Oma erzählen, daß Lüge für Sie ein Fremdwort ist. Ein solches Testergenis kauft Ihnen niemand ab. Oder haben Sie einfach nur Angst, daß Ihr Chef, den ausgefüllten Test sieht? Machen Sie sich doch nichts vor: Er hat garantiert überall »ja« angekreuzt. – Lesen Sie dieses Buch eigentlich gerade mit der Taschenlampe unter der Bettdecke?

KLAPPE «LÜGEN-TEST» DIE NEUNTE!

Typ B: Sie haben bei mindestens 8 Fragen »ja« angekreuzt

Glückwunsch, Sie sind ein wahrer Lebens- und Lügenkünstler. Den Spruch »Ehrlich währt am längsten« kann in Ihren Augen nur ein absolut lebensfremder Mensch erfunden haben. Sie flunkern manchmal, daß sich die Balken biegen und haben einfach Spaß daran, andere an der Nase herumzuführen.

Sie sind ein rücksichtsvoller, hochgradig feinfühliger Mensch, denn Sie wissen, daß die nackte Wahrheit viel brutaler sein kann als eine schöne Lüge. Sowohl privat wie auch beruflich stehen Ihre Sterne auf Erfolgskurs. Nur passen Sie auf, daß Sie nicht den Spaß am Lügen verlieren, weil es zur Routine wird. Ansonsten weiter so. – Was wollen Sie eigentlich mit diesem Buch?

Typ C: Sie haben bei maximal 6 Fragen »ja« angekreuzt

Was soll denn dieses Testergebnis? Sie sind überhaupt nicht einzuordnen. Oder besitzen Sie selber einen Supermarkt, haben gerade Ihre Brieftasche verloren und vielleicht entdeckt, daß in Ihrem Tagebuch gelesen wurde? Ihre Grundeinstellung zum Lügen ist zwar begrüßenswert, aber in jedem Fall noch ausbaufähig. Mit etwas mehr Übung und auch Mut kann aus Ihnen etwas werden.

Eine Politikerkarriere sollten Sie nicht unbedingt anstreben, aber im Mittelmanagement der Wirtschaft haben Sie gute Chancen. Ein eindeutiges »Jein« zur Lüge gibt es nicht. Entweder bekennen Sie sich zur Lüge oder halten sich gänzlich fern davon. Wenn Sie immer zwischen zwei Stühlen sitzen, kann nie ein wahrer Künstler aus Ihnen werden.

2.3 Die Erkennungszeichen des schlechten Lügners

Zum Glück für uns Lügner ist nicht nur die Tarnung der Unwahrheit eine Kunst, sondern auch ihre Enttarnung. In diesem Zusammenhang ist es beruhigend, daß zum Entlarven der guten Lüge eine Menge künstlerischer Sachverstand und Feingefühl erforderlich sind. Eigenschaften, die in der Regel nur Profi-Lügner beherrschen. Außerdem gibt es allgemein keine eindeutigen Erkennungszeichen für die Lüge.

In den meisten Fällen ist es der Lügner selbst, der sich verrät. Er gibt mehr oder weniger eindeutige Hinweise darauf, daß hier und jetzt die Unwahrheit gesprochen wird. Diese Erkennungszeichen können unterschiedlichster Art sein: Gestik, Mimik, Wortwahl, Stimmlage, unbewußte Körperreaktionen.

Bevor wir uns nun mit den Kunstgriffen beschäftigen können, die eigene Lügentechnik zu optimieren, muß über die genannten verräterischen Zeichen gesprochen werden. Dies sind akustische oder optische Signale, die beim Lügen unbedingt zu vermeiden sind.

2.3.1 Akustische Lügensignale

Stottern und Stammeln sind extreme Erkennungszeichen für starke innere Anspannung und werden häufig als unmißverständlicher Hinweis auf eine Lüge betrachtet. Abgesehen davon, daß eine solche Einschätzung auch falsch sein kann, dürfte klar sein, daß zum glaubwürdigen Schwindeln in jedem Fall eine einigermaßen flüssige Präsentationsweise gehört.

Die eigentlich gefährlichen Zeichen sind weniger vordergründiger denn subtiler Natur. Dazu zählen beispielsweise die *sprachliche Ausdrucksweise, Wortwahl, Redepausen und Stimmlage des Lügners.*

Wenn man sich eine Lüge zurechtbastelt, konzentriert man sich vor allem auf den Inhalt seiner Geschichte. Die Erzählung muß stimmig und rund klingen. Für den Fall, daß beim anderen irgendwelche Zweifel aufkommen, bereitet man sich darauf vor, seine Lügenstory wasserdicht zu machen. Man ist auf die Möglichkeit vorbereitet, seine sprachlichen Äußerungen inhaltlich jederzeit rechtfertigen zu können.

Bei soviel Detailplanung kann schon die *sprachliche Ausdrucksweise* eine Fehlerquelle sein. Trotz einer inhaltlich perfekten Komposition kann die Art, wie man den anderen an der Nase herumführt, gestelzt und unnatürlich klingen. Es hört sich eben an, als würde ein auswendig gelernter Text heruntergeleiert oder abgespult. Ebenso kann eine untypische Wortwahl auf zurechtgelegte Formulierungen deuten.

Wir alle kennen auch das Phänomen der sogenannten *»Freudschen Fehlleistung«*. Das sind die Momente, in denen jemand genau mit dem herausplatzt, was er eigentlich die ganze Zeit zu tarnen versucht. Dies ist nichts anderes als eine ungewollte Form des Selbstverrats. Nun gibt es Psychologen, Moralapostel und Wahrheitsfanatiker, die wilde Theorien und Phantastereien zu dieser Art der Selbstentlarvung entwickeln. So wird die Freudsche Fehl-

HAHA! HAB' SCHON BESSERE LÜGEN GEHÖRT, OMA!

leistung zum Beispiel damit erklärt, daß man tief in seinem Innern gar nicht lügen möchte. Als Resultat dieses Konflikts mit seinem wahren »Ich« gebe man sich ungewollt diese Blöße. Manche Moralisten interpretieren dies sogar als klaren Beweis dafür, daß die Lüge nicht nur schlecht, sondern sogar künstlich sei. Zeige schließlich die Freudsche Fehlleistung doch eindeutig, daß Lügen gegen die Natur des Menschen sei. – Derartige theoretische Verrenkungen haben nur einen Wert: amüsanten Unterhaltungswert.

Jeder Praktiker weiß, daß die Wahrheit eine andere ist. Diese Form der Selbstüberführung entsteht durch nichts anderes als Gedanken- und Sorglosigkeit beim Lügen.

Sorglosigkeit ist beim Schwindeln sowieso die größte Gefahr. Man wiegt sich in Sicherheit, achtet weniger auf sein Gegenüber und merkt zu spät, daß man sich selbst reingelegt hat. Zu den klassischen Fehlern zählen nicht nur Versprecher, sondern auch *umständliche oder weitschweifige Äußerungen*, mit denen man mehr preisgibt, als es nötig ist.

Sprechfehler und Pausen können ähnlich tückisch sein. Wir alle kennen diese typischen Merkmale, wenn Lampenfieber und Aufregung beim Sprechen hörbar werden: Urgeräusche wie »ääää«, »äh« oder »eh«, unnötige Wortwiederholungen wie »ich, ich, ich meine, ehrlich ich...« und hektische Beteuerungen wie »ich war es wir-wirklich nicht«. Ähnlich verhält es sich mit verzögertem Sprechen oder auffällig langen oder häufigen Redepausen, besonders, wenn der Belogene gerade eine überraschende Kontrollfrage gestellt hat. Die Ursache für diese verbalen Fehlleistungen liegt entweder in der schlechten Vorbereitung der Lüge oder in der Angst, erwischt zu werden. Egal ob es das mangelhafte Selbstbewußtsein ist oder vielleicht bestimmte Gegenfragen nicht erwartet wurden. Derartige Zeichen legen eindeutige Spuren.

Ein weiteres Indiz kann die Stimme des Täuschenden sein. Der *Klang der Stimme oder die Stimmlage* ist es dann, die sich verändert und ihn verrät. Ähnliches gilt für andere Formen des Sprechens, wie unnatürlich schnelles und lautes oder ungewohnt leises und langsames Reden. Der Grund hierfür ist in der Regel, daß man emotional nicht voll auf das Schwindeln eingestellt ist und sich dies in Auffälligkeiten in der Stimme niederschlägt. Amerikanische Forscher haben in wissenschaftlichen Untersuchungen sogar festgestellt, daß bei 85 Prozent lügender Testpersonen stimmliche Veränderungen erkennbar sind. Die Schlußfolgerung der Wissenschaftler: Lügner sind leichter am Telefon zu identifizieren als bei Blickkontakt. Denn erfahrungsgemäß konzentriert sich der Schwindler mehr auf den Inhalt seiner Täuschung als auf seine Stimme oder andere akustische Merkmale.

2.3.2 Optische Lügensignale

Der Begriff Körpersprache steht nicht nur für bewußt eingesetzte Zeichen in Gestik und Mimik. Dazu zählen gerade auch Körperbewegungen, die unfreiwillig zu Erkennungszeichen werden. Manche von ihnen lassen auf Nervosität, unterdrückte Gefühle und auf ein bewußtes Täuschungsmanöver schließen. Dies gilt um so mehr, wenn die Zeichen in Widerspruch zu dem Gesagten stehen.

So kann beispielsweise ein unbemerktes *Schulterzucken* in Verbindung mit einer mündlichen Behauptung, die Selbstbewußtsein und Überzeugung ausstrahlt, beispielsweise ein verräterisches Indiz sein. Ein ähnliches Anzeichen ist es, wenn die Körperhaltung unharmonisch ist und ein Schulterblatt für eine Zeitlang unnatürlich angehoben wird. Typische Merkmale im Gesicht zeigen sich besonders an der Augen- und Mundpartie: *Zucken, plötzliches Anheben oder Senken der Augenbraue, Augenlider, Unterlippe.* Das gleiche gilt für *unnatürliche Kopf- und Handbewegungen.* Entscheidend ist, daß sämtliche Zeichen ganz plötzlich und nur für relativ kurze Zeit auftreten.

Andere Verdacht erweckende Merkmale am Körper des Lügners sind ein unruhig *umherschweifender Blick* oder ein ständiges *Vermeiden von Blickkontakt* mit dem Gegenüber. Ausgeprägte *Gestik* zur optischen Unterstreichung des Gesagten kann als auffällig übertrieben analysiert werden. Andererseits kann das völlige Fehlen von Gestikulation ebenso auffallen und Zweifel an der Glaubwürdigkeit der Äußerungen auslösen. Maßgebend ist hier vor allem, inwieweit die Körpersprache beim Schwindeln vom allgemein üblichen Verhalten des Lügners abweicht.

Unbehagen und Nervosität während des Täuschungsmanövers ist auch an scheinbar unverdächtigen Körperbewegungen ablesbar. Dazu zählt, wenn man beim Lügen sich mit den *Händen in die Haare* fährt, diese gleich danach wieder glättet, unruhig mit dem *Fuß klopft* oder seine *Handbewegungen* nicht kontrolliert. Streichhölzer, Zigaretten oder Schreibtischutensilien können dabei unbewußt eingesetzte Hilfsmittel sein, um die innere Anspannung abzulassen.

Andere optische Lügensignale können körperliche Veränderungen sein wie *schneller Atem, Erweiterung der Pupillen und auffällig häufige Schluckbewegungen.* Ebenso verdächtig ist *Erröten, Erbleichen* oder deutliches *Schwitzen* des Lügners.

Das Gemeine an diesen verräterischen Zeichen ist, daß man viele von ihnen als Lügner gar nicht wahrnimmt. Andere Anzeichen registriert man zwar, weiß sie aber nicht zu kontrollieren. Das Lügenopfer dagegen wundert sich zumindest darüber, was denn bloß mit dem anderen los ist. Und hat der Getäuschte erst einmal Verdacht geschöpft, dann wird er unweigerlich das merkwürdige Verhalten seines Gesprächspartners richtig zu deuten wissen.

2.4 Lügentraining leicht & locker

Es kann nicht oft genug gesagt werden: Jeder kann erfolgreich lügen. Auch Laien und Amateure haben die Möglichkeit, die Kunst des Scheins zu erlernen. Einzige Voraussetzung ist, stets die elementaren Grundregeln zum perfekten Schwindeln zu beachten. Dazu zählen neben der positiven Grundeinstellung solide Vorbereitung, überzeugende Präsentation der Lügengeschichte und rücksichtsvolles Nachspiel. Auch wenn nicht jeder Amateur auf Anhieb zum Profi wird, ist der Erfolg nur eine Frage von Übung, Motivation und Zeit.

Die Grundeinstellung: Ich und die Lüge

Mit dem Lügen verhält es sich wie bei jeder ernsthaften Sportart. Man kann nicht einfach aufs Spielfeld stürmen, sagen »ich weiß, wie es geht«, und mit Volldampf loslegen. Im ersten Schritt geht es darum, die eigenen Stärken und Schwächen zu identifizieren. Hier müssen selbstkritische Fragen beantwortet werden, um das eigene Lügentalent realistisch einschätzen zu können: Muß ich Vorurteile aus dem Elternhaus überwinden? Habe ich eine tief verwurzelte Angst, erwischt zu werden? Habe ich häufiger schon schlechte Erfahrungen beim Schwindeln gemacht? Bin ich willens und in der Lage, mit der Lüge zu leben? Erst wenn man für sich selber mit voller Überzeugung behaupten kann »ja, ich will«, sollte man sich näher mit der Kunst des Scheins beschäftigen.

Sobald die Grundeinstellung stimmt, ist die Basis geschaffen. Jetzt gilt es, die Philosophie dieses verbalen Kampfsportes zu begreifen. Der Könner weiß sein eigenes Talent zu beurteilen, besitzt also eine gesunde Selbsteinschätzung. Er wird vermeiden, sich mit Schwindeleien zu konfrontieren, die nicht im Einklang mit seiner bisherigen Erfahrung stehen. Ebenso wichtig ist die Erkenntnis, daß jede Lügenform individuell interpretiert werden muß, da Technik und Persönlichkeit des Lügners zu einer eigenen, neuen Einheit verschmelzen. Damit verbunden ist das Bewußtsein, daß Lügen ein ständiger Lernprozeß ist. Selbst Altmeister der Lügenkunst gehen mit frischem Ehrgeiz und Selbstkritik ans Werk, um sich stetig zu verbessern. Größenwahn und falsche Selbstgefälligkeit sind der Untergang für jeden Profi.

Wer mit Erfolg seine Zeitgenossen an der Nase herumführen will, muß sich nicht nur über die Ernsthaftigkeit dieser Tätigkeit im klaren sein, sowie Willenskraft und Mut besitzen. Eine emotionale Grundeinstellung ist ebenso entscheidend. Spaß an der Lüge, Lockerheit beim Lügen, gepaart mit einem gesunden Maß an Souveränität, machen die Schwindelei erst zu einem perfekten Kunstwerk. Dies ist nur dem möglich, der mit Haut und Haaren an die Lüge glaubt.

Das intime Verhältnis: Lügner und Belogener

Lügner und Zielobjekt haben eine besondere Beziehung miteinander. Das verbindende Glied zwischen ihnen ist die Lüge. Sie ist die geschönte Wahrheit, quasi eine Dienstleistung, die der andere kaufen soll. Der Lügner ist der Dienende, der Belogene der Kunde. Auch beim Schwindeln gilt der Grundsatz: »Der Kunde ist König.« Diese Grundhaltung von Achtung gegenüber dem Gegner ist essentiell für jede Lüge. Wer sein Opfer geringschätzig behandelt, wird nie die wahre Kunst der Unwahrheit beherrschen. Wie bei asiatischen Kampfsportarten heißt es, sich zumindest mental vor dem Gegner zu verbeugen. Der Belogene ist nicht nur

Gegner, sondern auch Partner. Schließlich trägt er nicht unwesentlich dazu bei, daß man sein Können unter Beweis stellen kann.

Neben Bescheidenheit und Respekt dem Gegner gegenüber muß dieser auch vorab eingeschätzt werden. Seine Fähigkeit, Schwindeleien zu entlarven, wird ausschlaggebend dafür sein, welche Lügentricks man einsetzt. In manchen Fällen ist es sogar ratsam, dem anderen lieber gar nicht erst einen Bären aufzubinden. Dies gilt insbesondere, wenn man noch Laien-Lügner ist, aber mit einem Gegner konfrontiert wird, der einem Argwohn und Mißtrauen entgegenbringt. Hier ist äußerste Vorsicht geboten.

Das Tagestraining: Die Lügensinne schärfen

Daß Lügen keine Spielerei, sondern eine menschliche Kunstfertigkeit ist, wird schnell deutlich, wenn man die Eigenschaften näher betrachtet, die den guten Lügner charakterisieren. Zunächst sind ein gutes Vorstellungsvermögen, analytisches Denken, Kombinationsfähigkeit, reichlich Raffinesse und vor allem strategisches Denken gefragt. Bei der Vorbereitung der Lüge sind Scharfsinn, Disziplin und Gründlichkeit beim Recherchieren der Fakten gefordert. Zur Konstruktion eines Lügengebildes kommt dann noch der schöpferische Akt hinzu, bei dem kreative Lösungen entwickelt werden müssen, um die Unwahrheit glaubwürdig erscheinen zu lassen.

Der eigentliche Lügenakt erfordert in jedem Fall ein gutes Gedächtnis. – Dies bestätigt Altbundeskanzler Konrad Adenauer, der sich als Wahrheitsfanatiker tarnte mit den Worten: »Ich lüge schon deshalb nicht, weil ich mir sonst merken muß, was ich gesagt habe.« – Beim Lügen selbst zählt das schauspielerische Talent, also die Fähigkeit, wie überzeugend man seine Unwahrheit präsentieren kann. Damit verbunden sind natürlich Selbstbeherrschung, Menschenkenntnis und ein ausgeprägter Realitätssinn. Gleichzeitig muß man atmosphärisches Feingefühl besitzen und zu Flexibilität bereit sein. Denn trotz aller Planung ist nicht alles vorhersehbar, was beim Lügen passieren kann. Ein Grund, warum Lügner auch entscheidungsfreudig und risikobereit sein müssen.

Betrachtet man die Summe der geforderten Talente, so wird klar, daß man mit dem Training nicht erst unmittelbar vor der Lüge beginnen kann. Wahre Lügenkünstler üben täglich. Einer der Gründe, warum bestimmte Berufsgruppen beim Lügen bevorteilt sind. Denn viele der geforderten Eigenschaften werden im Rahmen der normalen Berufsausbildung geschult und gefördert. Dazu zählen sicherlich Juristen, Politiker, Manager, Werber, Verkäufer, Versicherungsvertreter, Makler etc.

Die Vorbereitung: Konstruktionsplan Lüge

Die gedankliche Vorarbeit ist entscheidend für den Erfolg. Lügner sehen nicht immer voraus, wann sie zu einer Lüge greifen müssen. Deshalb gilt gerade für Anfänger, nicht spontan zu schwindeln. Die gute Lügengeschichte braucht Zeit. Sie gilt es vorzubereiten, einzustudieren und einzuprägen. Alle möglichen Stolpersteine und Fußangeln, die zu Mißtrauen beim Gegner führen könnten, sind von vornherein zu beseitigen. Die Vertrauensbasis darf nicht gefährdet werden. Bevor es zur Lügenkonstruktion kommt, müssen sämtliche denkbaren Widerstände und Eventualitäten durchgespielt werden. Kurzum, die Lügengeschichte muß wasserdicht sein.

Der Kern jeder Lügengeschichte muß ein einfaches Grundmuster haben. Viele haben das Gefühl, wegen der Einfachheit der Lügengeschichte könnte man sie durchschauen und gestalten sie daher recht konfus. Es ist jedoch ein verbreiteter Irrtum, anzunehmen, daß gute Lügen kompliziert sein müssen. Nach dem Motto: Wenn ich nicht mehr durchblicke, schnallt es der Belogene erst recht nicht. Das Gegenteil ist richtig. Denn wenn das Opfer registriert, daß der Lügner mit seiner eigenen Geschichte nicht mehr klarkommt, ist der Verdacht naheliegend, daß hier die Unwahrheit gesprochen wird. Grundsätzlich sollte man die Lüge nicht nur einfach gestalten, sondern sich auch nicht zu sehr von der realen Wahrheit entfernen. Prinzipiell gilt die Regel: Nie dem anderen eine Lüge servieren, die man als Empfänger selber durchschauen würde.

Auf der anderen Seite darf die Lügengeschichte auch nicht zu glatt sein. Denn alles, was zu rund und wie auswendig gelernt klingt, wirkt unnatürlich und konstruiert. Kleine Ecken und Kanten erhöhen die Glaubwürdigkeit und geben dem Ganzen eine menschliche Note.

Tatsachen müssen auch bei der Lüge Tatsachen bleiben. Nur Anfänger sind der Auffassung, daß Schwindeln gleichbedeutend ist mit dem Ignorieren von Fakten. Trugschluß – jeder erfahrene Lügner hat höchsten vor ihnen Respekt und weiß genau, was nicht bestritten werden darf. Denn Fakten können schnell und leicht kontrolliert werden. Um diese Tellerminen zu vermeiden, gilt für jeden Lügner das Prinzip: Die Fakten sind heilig. Gemeint sind natürlich nur diejenigen, die der Belogene kennt oder mühelos recherchieren könnte.

Entscheidend ist nicht, was die Lüge darstellt, sondern was sie bewirkt. Unwahrheiten mit Niveau erfordern somit, daß man nicht vordergründig von sich selber spricht. Gute Lügen haben eine Besonderheit: Im Mittelpunkt steht immer etwas Erfreuliches für den Belogenen. Das heißt zum Beispiel, dem Chef die Verspätung damit zu erklären, daß man einen potentiellen Neukunden kennengelernt hat. Dies erfüllt eine wesentliche psychologische Funktion. Denn wenn das Opfer sagen kann »das höre ich gern«, ist die Schwindelei schon so gut wie gekauft.

Das Grundmuster der Lüge ist einfach, die Strategie muß wie ein roter Faden klar definiert werden. Die Lügengeschichte selbst dagegen kann phantasievoll sein, mit blumigen und originellen Ausschmückungen. Auf keinen Fall darf man sich in wortgewaltigen Ausschweifungen mit unnötigen Details verlieren. Eine gewisse Kürze ist zwingend. Das Fundament der Fakten muß abgesichert sein, Widersprüchlichkeiten dürfen nicht mehr existieren.

Damit ist die Lüge zwar konstruiert, die Vorbereitung jedoch noch nicht abgeschlossen. Jetzt muß die Schwindelei immer wieder gedanklich durchgespielt und kritisch hinterfragt werden. Ist die Lüge wirklich glaubwürdig? Wurden Zeugen, Ort und Tatzeit ausreichend berücksichtigt? Ist die Tarnung gut? Welche Gegenfragen könnten mir gestellt werden? Wie antworte ich in diesen Fällen? Habe ich Ausweichmanöver parat?

Die Denkarbeit ist abgeschlossen, und die Lernarbeit beginnt. Jeder Einzelschritt muß einstudiert werden. Es darf keinerlei Unsicherheiten geben. Erst dann ist man für die Präsentation seiner Lügengeschichte bereit.

Die Präsentation: Lüge im Einsatz

Hier ist das schauspielerische Talent des Lügners gefragt. Das heißt, eine glaubhafte Darbietung ohne überflüssige Übertreibung. Es gibt kein allgemeingültiges Auftreten, da sich die Präsentation in erster Linie an der Persönlichkeit des Vortragenden orientieren muß. Eine selbstbewußte Ausstrahlung und Überzeugungskraft beim Lügen zählen. Die Lügengeschichte darf nicht aufgesetzt oder gekünstelt wirken. Der Künstler muß die verinnerlichte Geschichte seinem Typ entsprechend vorleben.

Mit Konzentration, Sorgfalt und Bedacht muß man die ganze Zeit bei der Sache sein. Den Belogenen beobachtet man sehr genau, um anhand seiner Reaktionen feststellen zu können, ob die Lüge wirkt, und um gleichzeitig Selbstbewußtsein zu dokumentieren. Auch wenn Lampenfieber selbst bei Profilügnern normal ist, darf die Nervosität nicht erkennbar sein. Insbesondere die eigene Körpersprache muß deshalb kontrolliert werden.

All die Körperbewegungen, die man normalerweise an den Tag legt, sind auch bei der Lüge zulässig und sollten nicht fehlen. Wer sonst eher introvertiert ist und kaum gestikuliert, sollte dies auch beim Lügen berücksichtigen. Das heißt, das ganzheitliche Auftreten sollte stimmig mit der Person sein. Das Einstudieren der Rolle ist deshalb wichtig. Nach dem Vorbild der Schauspieler kann dies vor dem Badezimmerspiegel, im Wohnzimmer oder Park geübt werden.

Schwieriger ist es dagegen mit den unbewußten optischen Lügensignalen. Sie zeigen die emotionale Spannung des Lügners an. Treten sie auf, wird klar, daß die Vorbereitung und gefühlsmäßige Einstimmung auf die Lüge nicht ausreichend war. Einer der Gründe, warum die gedankliche Vorarbeit so wichtig ist.

Der erste Schritt ist die Kenntnis dieser verräterischen Anzeichen. Im zweiten Schritt muß man sich während des Lügens selbst beobachten und kontrollieren. Vereinzelt stören die optischen Lügenindizien nicht, zumal sie sich immer mit einer allgemeinen Nervosität erklären lassen. Treten sie jedoch gehäuft auf, wird dem Opfer schnell klar, was man im Schilde führt.

Ähnlich verhält es sich mit den akustischen Lügensignalen. Auch hier helfen laute Sprechproben, um sich an den Klang seiner geschönten Wahrheit zu gewöhnen. Dann gibt es keinen Grund mehr, einen Kloß im Hals zu haben oder sich auf andere Weise zu verraten. Genauso wie Normalität für Sprache und Gestik wichtig ist, gilt dies für die Wortwahl. Viele Laien unterliegen dem Fehler, sich die Lügenworte zurechtzulegen. Präsentieren sie dann ihre Lügengeschichte, hört es sich an wie eine Kanzlerrede oder eine offizielle Stellungnahme. Entweder wird der Text heruntergeleiert oder unnatürliches Schriftdeutsch zum besten gegeben. So kommt es bei der Vorbereitung weniger darauf an, sich den exakten Wortlaut zurechtzulegen, als vielmehr, die Inhalte wasserdicht zu haben. Niemand erwartet, daß jemand einen Sachverhalt ohne jede Pause fließend abspulen kann.

Selbst wenn man während der Präsentation bereits merkt, daß die Lügengeschichte hervorragend arbeitet, heißt es Geduld bewahren und bis zum Abgang ausharren. Bis zur letzten Minute ist Konzentration geboten. Denn ebenso wie die Lüge können auch Schadenfreude, Siegessicherheit oder Erleichterung im Gesicht zu lesen sein. Ein Jammer, wenn kurz vor dem letzten Vorhang, doch noch eine Bauchlandung erfolgt.

Der letzte Akt: Nach der Lüge

Während Till Eulenspiegel mit seinen Streichen prahlte, ist dies für den Lügner ein echtes Tabu. Der Lügenkünstler genießt und schweigt, schon allein, um seinen guten Ruf für spätere einschlägige Betätigungen zu schützen. Nach jedem Erfolg muß die Selbstkritik folgen. Hinterfragt wird, ob tatsächlich alles wie geplant lief, wo Stärken und wo Schwächen auftraten. Erfolgskontrolle und mögliche Lernansätze für die Zukunft prägen das Nachspiel für den professionellen Lügenkünstler. Nur so wird es ihm gelingen, seine Lügentechnik stetig zu verbessern.

2.5 Lüge: Methoden und Techniken

Sämtliche Methoden und Techniken haben eins gemeinsam: das Ziel, die Lügengeschichte bestmöglich zu verkaufen. Es sind unterschiedliche stilistische Formen, um die Lüge geschickt zu tarnen oder um von der Unwahrheit abzulenken. Von der Bedeutung her sind es die Trumpfkarten, die spielentscheidend sind.

Charakteristisch für die Lüge ist die Tatsache, daß uns die Bandbreite der Methoden und Techniken meist nicht bewußt ist. In den Anfangsjahren entdeckt man seine persönliche Lügentechnik, die einen dann treu während der weiteren Karriere begleitet. Die Virtuosen unter den Lügnern dagegen beherrschen die gesamte Klaviatur der verschiedenen Techniken. Abhängig von Opfer und Umständen wird dann im Einzelfall entschieden, welche Methode zum Einsatz kommt.

Methode 1: »Abwehr«

Eine Technik, die nur als Negativbeispiel dienen kann. Der Lügner fängt unaufgefordert an, sich zu rechtfertigen oder antwortet mit einer Verteidigungsrede. Da die Regel heißt »wer sich verteidigt, klagt sich an«, redet man sich um Kopf und Kragen und gibt seine Lüge eindeutig zu erkennen. Es ist ein typischer Laienfehler, wenn man verunsichert ist und immense Angst hat, erwischt zu werden. Um dem drohenden Konflikt auszuweichen, begibt man sich wie ein ergebener Hund in Rückenlage in der Hoffnung, daß die Lüge schon abgekauft wird. In aller Deutlichkeit: Lügen ist ein offensiver und kein defensiver Sport.

Methode 2: »Offenheit«

Dies ist eine Sonderform der Lüge, die weniger den Zweck verfolgt, den anderen an der Nase herumzuführen, als vielmehr die eigentliche Lüge zu verhindern. Angenommen, es wird einem die peinliche und berechtigte Frage gestellt, ob es stimmt, daß man mit einem Mitarbeiter eine Beziehung hat. Da man nicht weiß, welche Fakten der andere kennt, will man sich nicht auf das

Glatteis einer unvorbereiteten Lügengeschichte begeben und blockt die Antwort. Die Reaktion: »Ja, das stimmt. Seit zwei Jahren bin ich mit dem Hausmeister zusammen!« Die Methode ist klar: Man wirft dem Fragenden eine Antwort vor, die als Falschmeldung klar erkennbar ist, und blockt so jeden weiteren Versuch, nachzufragen.

Methode 3: »Russisches Roulette«

Dies ist ein verbaler Drahtseilakt, zu dem nicht nur Kaltschnäuzigkeit, sondern auch Fingerspitzengefühl gehören. Denn im Rahmen der Lüge wird plötzlich die Tarnung aufgegeben und als Bluff schamlos die Wahrheit ins Spiel gebracht.

Aus vielen Fernsehkrimis kennen wir zum Beispiel die Situation, wenn ein Undercover-Agent mit Mikrofon verdrahtet in einer ominösen Spelunke eine Scheinverhandlung führt, um Drogendealer auffliegen zu lassen. Um den Verdacht, ein eingeschleuster Spion zu sein, gar nicht erst aufkommen zu lassen, wird dreist mit der Wahrheit kokettiert. Bei der Frage, an welchen Tisch man sich setzen wolle, wird frech geantwortet: »Laß uns nicht zu dicht an der Musikbox sitzen. Da bekomme ich keine gute Aufnahme auf mein Tonband...« Der andere wird diesen Kommentar zwar in keiner Weise komisch finden aber dies gleichzeitig als Beweis ansehen, daß der Verhandlungspartner echt ist. Schließlich würde niemand, der sich tarnen will, derartig mit dem Feuer spielen.

Auch außerhalb von Polizei- und Geheimdienstkreisen funktioniert diese Methode hervorragend, wenn man sein Opfer schlagartig frontal mit seinem wahren Motiv konfrontiert. Spaß an der Lüge, Mut und eiserne Nerven sind allerdings die Grundvoraussetzungen für diesen totalen Bluff.

Methode 4: »Sündenbock«

Die Fakten sprechen gegen mich, daran ist nichts zu ändern. So geht es bei dieser Methode schlicht darum, wie man sich am geschicktesten aus der Affäre ziehen kann. Nach gründlicher Recherche und Überprüfung, welche Informationen der Gegenseite vorliegen, wird eine entsprechende Story konstruiert. In vielem ähnelt sie zwar der Wahrheit, jedoch drängt sich als Quintessenz geradezu auf, daß die Schuld eigentlich nicht bei einem selbst lag. Entweder es lag an anderen oder an den Umständen. Anmerkung: Funktioniert nur in Verbindung mit einem seriösen Auftreten des Lügners und einer glaubwürdigen Erzählweise.

Methode 5: »Gefühlsfalle«

Das Prinzip ist, das Opfer in seiner rationalen Beurteilung der Lügengeschichte massiv mit emotionalen Ablenkungsmanövern zu verunsichern. Nach dem Motto »Wer sich so verhält, kann einfach nicht lügen« präsentiert sich der Lügner als loyaler, menschlich feinfühliger Partner. Diese Methode ist vor allem in Situationen angebracht, in denen die Schwindelei zwar nicht bewiesen werden kann, der Belogene aber bereits argwöhnisch ist und Zweifel an der Glaubwürdigkeit der Geschichte hat. Gerade in einer angespannten Atmosphäre wirken daher kleine, persönliche Gesten besonders gut, um die gefühlsmäßige Verbundenheit zum Opfer zu demonstrieren. Die Lüge selbst wird so hervorragend getarnt.

Methode 6: »Scheinbeichte«

Beim Schach nennt man es Bauernopfer. Eine weniger wertvolle Figur wird aufgegeben, um eine wichtige strategische Position zu schützen. Beim Lügenspiel funktioniert das genauso. Man ködert den Gegner mit dem Geständnis einer kleinen, aber harmlosen Flunkerei, die im Vergleich zur eigentlichen faustdicken Lüge völlig unbedenklich ist. Der Gegner hat das Gefühl des Triumphes, doch den wahren Sieg trägt der Lügner davon.

Methode 7: »Empörung«

Nach dem Motto »Gegenangriff ist die beste Medizin«, geht der Lügner in die Offensive, sobald er auf dem Gesicht des Gegenspielers erste Anzeichen aufkommenden Argwohns liest. Plötzlich werden die erkennbaren Zweifel des Gegenübers an der aufgetischten Geschichte zum Gesprächsthema gemacht und damit die Rollen vertauscht.

Der Lügner spricht die offensichtlichen Gedanken seines Opfers aus und nimmt sie zum Anlaß, sich bitter zu empören, wie sehr ihn dieser unberechtigte Verdacht auf Lüge verletzt. Gewichtige Worte wie Vertrauensmißbrauch, Unmoral, mangelndes Feingefühl und Ignoranz unterstreichen die Entrüstung. Der Theaterdonner wird abrupt beendet und mit deutlich erkennbarer Betroffenheit der Abgang gesucht. Das Ergebnis ist ein Belogener, der hochgradig verunsichert ist und sich jetzt mehr Gedanken über das gestörte Verhältnis macht als über die anfänglichen Zweifel an der Glaubwürdigkeit der Geschichte.

Anmerkung: Dieses Powerplay ist nur geeignet bei stahlharten Nerven und der Gewißheit, daß es absolut keine Fakten gibt, die den Lügner überführen könnten.

Methode 8: »Meisterstück«

Vorsicht. Das ist nur etwas für wahre Meister des Faches. Gefordert sind totale Spielbeherrschung, Perfektion und äußerste Konzentration. Nur als Politiker oder mit jahrelanger Routine wird man in der Lage sein, diese Dimension der Täuschung zu erreichen.

Ziel ist es, die Riesenlüge nicht glatt und vorbereitet zu erzählen, wie man es von einem Profi erwartet, sondern wie ein Laie, dem Fehler bei seiner Schilderung unterlaufen. Eine wirkungsvolle Strategie besonders bei öffentlichen Anhörungen, Untersuchungsausschüssen oder anderen Inquisitionsveranstaltungen, wenn der Lügner einem extremen Druck ausgesetzt ist und seine Geschichte zigmal wiederholen muß. Der Schwindler erzählt nun seine Lüge bei jeder Wiederholung mit anderen Worten. Jedesmal spickt er seine Version mit harmlosen kleinen Ungereimtheiten. Wird er dann auf diese Widersprüche angesprochen, zeigt er Verunsicherung und gibt offen zu, daß er selber überrascht ist und den Vorgang anscheinend nicht richtig erinnert. Eine Reaktion, die keiner erwartet, da sie nicht zum normalen Verhaltensmuster eines Lügners gehört. Auf diese Weise erweckt der Lügner den

Anschein, daß er zwar den Überblick verloren hat, aber in jedem Fall die Wahrheit erzählt. Denn es ist menschlich, daß man beim Nacherzählen komplizierter Sachverhalte Fehler macht.

2.6 Gebrauchsfertige Lügen für den Alltag

Ausreden sind eine milde Form des Lügens. Sie beziehen sich in der Regel auf menschliches Versagen ohne größeren Schaden: Man hat etwas versäumt, vergessen oder verpatzt.

Auch wenn Ausreden eindeutig Lügenvarianten sind, stellen sie eine Besonderheit dar: Wegen ihrer großen Popularität und der täglichen Verwendung sind sie quasi legalisiert.

Ausreden machen es dem, der sie benutzt, leichter, einen Fehler einzugestehen oder zu vertuschen. Jeder Mensch macht Fehler, und jeder, der Fehler macht, greift zu Ausreden.

Ausreden sollten in jedem Fall intelligent und charmant sein. Platte, dümmliche Ausreden sind respektlos, banal und funktionieren nicht. Jeder, der eine Ausrede hört, toleriert diese gerne, wenn sie witzig, charmant und ungewöhnlich ist, kleine Grauzone der offiziell erlaubten Lüge.

Ausreden zielen nicht immer darauf ab, dem anderen eine Lügengeschichte glaubwürdig zu verkaufen. Manchmal wissen beide, daß die Ausrede nur Schein und Höflichkeit ist und kokettieren mit dem Wissen um den wahren Tatbestand. Der Lügner hat Respekt, Phantasie und Höflichkeit gezeigt. Der Belogene gefällt sich in der Rolle des Gönnerhaften mit Toleranz und menschlicher Größe, der wissentlich eine Lüge akzeptiert, einfach weil ihm diese Ausrede gefällt.

Ausreden sind natürlich auch eine Frage des sozialen Umfeldes. Während ein vorsorglich bandagierter Arm von Boris Becker dem Publikum und Gegner ein Handicap signalisiert, das Mitleid erregen soll, würde das gleiche in Rockerkreisen wahrscheinlich nicht so aufgenommen werden.

In jedem Fall müssen Ausreden sparsam verwendet werden. Sonst läuft man Gefahr, spielentscheidende Sympathiepunkte zu verlieren und für einen notorischen Lügner gehalten zu werden. Wer Bockmist baut, sollte sich bereits parallel zur Tat eine gute Ausrede (als Präventivmaßnahme) überlegen. Denn wer gute Ausreden parat hat, kann auch höhere Risiken eingehen.

Ausreden können durch Kürze – weil Würze – bestechen. Detailgenauigkeit überzeugt, Verschlingungen dagegen ermüden. Beim Vortragen von Ausreden muß der Tenor vom schuldlos Schuldigen, bzw. Opfer vorherrschen. Der Belogene darf nicht auf die Idee kommen, etwa sich selbst als Opfer zu sehen. Ausreden müssen so formuliert sein, daß sie nicht zur sofortigen Überprüfung ermutigen. Es sei denn, man hat das Alibi bereits griffbereit. Weiterhin erfordern Ausreden eine individuelle Abstimmung auf den jeweiligen Gegenüber. Das heißt, der Ausreden-Benutzer muß einfühlend und phantasievoll sein.

Die folgenden Ausreden können nicht von jedem glaubhaft oder mit dem gleichen Charme vorgetragen werden. Persönlichkeit und Ausstrahlung des einzelnen spielen bei jeder Ausrede eine wichtige Rolle. Nehmen wir die Beispiele als Anregungen für eigene Kreationen.

Situation: zu spät zur Arbeit gekommen

Sie erscheinen im Büro, behalten den Mantel an und gehen direkt auf ihren Chef zu. Ihr Gesicht zeigt eine Mischung aus Ratlosigkeit, Verzweiflung und Schmunzeln. Ein halb fragendes, halb resignierendes Schulterzucken und Heben der geöffneten Handflächen unterstreicht das Bild. Während die Augen mit hochgezogenen Brauen quasi um Entschuldigung bitten, sagt man zerknirscht, aber mit zaghaftem Lächeln: »Oh, meine Tochter, dieses kleine Biest! Gestern hat sie sich wieder einen ihrer Späße erlaubt und alle Wecker im Haus verstellt...«

Nach dem Motto »Angriff ist die beste Verteidigung« erscheint man mit lautem Poltern im Büro. Es ist unmöglich, daß auch nur ein Kollege Ihren Auftritt nicht bemerkt. Empörung und Wut steht Ihnen ins Gesicht geschrieben. Donnernd werfen Sie Ihre Aktentasche auf den Schreibtisch. Ohne den Mantel auszuziehen, laufen Sie unruhig im Zimmer herum. Jeder muß merken, daß es in Ihnen kocht. Ihre Kollegen müssen denken, daß es am besten ist, Sie nicht anzusprechen. Falls Ihr Chef nun auf der Bildfläche erscheint, registrieren Sie seine Gegenwart scheinbar gar nicht. Im Gegenteil, gerade jetzt ist der richtige Zeitpunkt, um mit durchdringender Stimme ihrer Empörung Luft zu machen: »Dieser Verkehr ist doch einfach mörderisch. Absoluter Wahnsinn, sich überhaupt auf die Straße zu begeben. Da sind nur Irre unterwegs. Als Radfahrer ist man wirklich nur in der Firma sicher...«

Ihr Auftreten ist so selbstbewußt, als würden Sie pünktlich zur Arbeit erscheinen. Sie zeigen keine Spur von schlechtem Gewissen und sind sich offenbar keiner Schuld bewußt. Ohne jede Hektik legen Sie Ihren Mantel ab, grüßen die Kollegen und setzen sich

SIE BRAUCHEN GAR NICHT ERST ZU LÜGEN...

an den Schreibtisch. Während Sie sich wie jeden Tag den Kaffee einschenken, erzählen Sie beiläufig, aber mit dem notwendigen Ernst in der Stimme die Geschichte, die Ihnen angeblich passiert ist: »Ein kleiner Junge hatte seine Mutter verloren. Hat lange gedauert, bis ich seine Adresse rausgefunden habe...«

Situation: zu spät nach Hause gekommen

Mit Freude und Begeisterung kommen Sie nach Hause. Ein fröhliches »Liebling, wo bist du? Ich muß dir etwas ganz Tolles erzählen!« setzt gleich die richtigen Signale. Den Mantel werfen Sie beschwingt über den Haken und die Aktentasche locker auf den Treppenabsatz. Ein strahlendes Lächeln muß auf Ihrem Gesicht stehen, alle Beißerchen werden gezeigt. Geradezu stürmisch nehmen Sie Ihren Partner in die Arme und führen ihn zielsicher und ungeduldig in den nächstgelegenen Raum. Ihr Augenaufschlag zeigt kindliche Freude, während Sie stolz berichten: »Mein Chef hat mich auf einen Schoppen Wein eingeladen. Und dann sind wir irgendwie auf deine Arbeit zu sprechen gekommen und haben uns festgeschwätzt...«

Sie sind hochgradig geladen und kurz davor zu platzen. Bruchstückhafte Beschimpfungen und Flüche wie »diese Geier...«, »so ein elender Mist« und »verdammt nochmal« lassen Ihren Gemütszustand unmißverständlich erkennen. Mantel und Tasche pfeffern sie aggressiv in die Ecke. Grußlos werfen Sie sich in irgend einen Sessel, ziehen ruckartig die Krawatte locker, ballen die Fäuste und lassen den Dampf ab: »Nach Büroschluß war mein Wagen plötzlich weg. Dachte schon, er sei gestohlen worden. Tatsächlich hatte man ihn abgeschleppt...«

Situation: Hochzeitstag oder Geburtstag vergessen

Körpersprache ist jetzt alles. Ihr Verhalten muß Aufrichtigkeit, Gefühl und Zärtlichkeit ausstrahlen. Sie nehmen Ihre/n Partner/in in die Arme und drücken ihn/sie fest an sich. Dann nehmen Sie das Gesicht ihres Partners/ihrer Partnerin zärtlich in die Hände und streicheln ihr/ihm liebevoll über die Wange. Tief schauen Sie ihr/ihm in die Augen und sagen schließlich voller Überzeugung: »Ich finde, so etwas Konventionelles wie Geschenke kaufen kann mein besonderes Gefühl für dich nicht ausdrükken...«

Empörung und Verzweiflung sindt in Ihrem Gesicht zu lesen. Sie setzen die Maske des Kindes auf, dem man das Spiel verdorben hat. Obwohl eigentlich Sie Trost spenden müßten, drückt Ihre gesamte Mimik aus, daß sie ungerecht behandelt wurden und bemitleidet werden müssen. Ihre Stimme klingt traurig und enttäuscht, wenn Sie sagen: »Ich hatte so einen tollen Frühstückskorb bestellt. Die haben doch glatt das Datum falsch notiert und alles vermasselt...«

Situation: Arbeit unerledigt oder Hausaufgaben vergessen

Man zeigt sich von der humorvollen Seite und fängt immer wieder an zu lächeln. Zweifellos amüsieren sie sich. Bemerkungen wie »sowas Blödes«, »das glaubt mir kein Mensch« und »das ist mir noch nie passiert« strahlen eine gute Stimmung aus. Kopfschütteld erklären sie den Grund für ihre Erheiterung: »Stellen sie sich vor, ich habe in meinem Kalender vom Vorjahr nachgeschaut. Kein Wunder, daß da nichts von diesem Termin stand...«

Die Körperhaltung signalisiert, daß eine Art höhere Gewalt zugeschlagen hat. Unmißverständlich muß klarwerden, daß man für das Verschulden nicht zur Rechenschaft gezogen werden kann. Die erklärenden Worte: »Auch wenn es sich wie eine Ausrede anhört, unser Hund nagt zur Zeit alles an, was nicht niet- und nagelfest ist. Gerade heute morgen hat er mein Heft zerfetzt...«

2.7 Rückzieher: Wie sich der ertappte Lügner aus der Affäre zieht

Es ist der Alptraum eines jeden Lügners: Die Schwindelei fliegt auf, und man ist entlarvt. In einem solchen Moment möchte man am liebsten im Erdboden versinken und alles ungeschehen machen. Jetzt ist man der Looser, abgestempelt als Lügner. Das Spiel ist aus, alle Rettungsversuche erscheinen zwecklos. – Der wahre Lügenkünstler jedoch wird auch in dieser Situation nicht aufgeben, sondern seinen Kopf mit Geschick zumindest soweit aus der Schlinge ziehen, daß er ihn zur Schadensbegrenzung einsetzen kann.

Drei Gründe können dazu führen, daß die Lügengeschichte entdeckt wird:

- Man hat seine Hausaufgaben nicht gemacht, die Schwindelei schlecht vorbereitet und die Eventualitäten nicht genügend berücksichtigt. Die Ungereimtheiten werden entdeckt...
- Die gedankliche Vorarbeit war zwar gewissenhaft, aber die Präsentation selbst fehlerhaft. Die Art, wie man dem anderen seine Schwindelei aufgetischt hat, war verräterisch und wenig überzeugend. Die Geschichte wird einem nicht abgekauft...
- Vorbereitung und Vortragsform waren optimal. Aber da kommen plötzlich Fakten zutage, von deren Existenz man nichts wissen konnte. Es sind quasi »Naturgewalten«, die die Lüge bloßlegen; Ereignisse, die bei aller Gründlichkeit nicht absehbar waren.

Der Lügenkünstler zeichnet sich dadurch aus, daß er sich bei der Vorbereitung nicht allein auf seine Schwindelei konzentriert. Bei der Planung wird auch der größte anzunehmende Unfall (kurz: Lügen-GAU) berücksichtigt: Wie will ich reagieren, falls ich entlarvt werde? Mit welchem Verhalten ist eine Schadensminimierung möglich?

Ein weiteres wichtiges Element ist die Erfolgskontrolle. Während man den anderen an der Nase herumführt, konzentriert man seine Sinne auf den Belogenen und überprüft dessen Reaktionen. Denn in den seltensten Fällen fliegt eine Schwindelei ganz plötzlich auf. So wie ein schlechter Lügner verräterische Signale aussendet, gibt es auch beim Opfer Zeichen, die sagen »ich glaube dir...« oder »deine Geschichte zweifle ich an...«. Wer frühzeitig erkennt, daß seine Lügengeschichte keine Erfolgschance besitzt, kann flexibel reagieren und spontan die Taktik ändern, um zumindest den Schaden zu reduzieren.

Methode 1: »Offenbarungseid«

Nach dem Motto »eine Selbstanzeige gibt mir einen moralischen Bonus«, wirft man alle Mittel zur Verschleierung der Unwahrheit über Bord. Wie ein Hase schlägt der Lügner blitzschnell einen Haken und demonstriert eine unerwartete Haltung. Mit verzweifelter Stimme gesteht er: »Oh, ich kann dich einfach nicht anlügen. Ich wollte dir etwas vormachen, aber es geht nicht. Jedem kann ich etwas vorspielen, nur dir nicht...« – Der andere wird zwar verärgert sein, diese Äußerung jedoch auch positiv bewerten. Schließlich beweist man damit, wie sehr die besondere Beziehung zum anderen geschätzt wird.

Methode 2: »Abschwächung«

Die Unwahrheit ist rausgekommen. Jetzt heißt es die Bewertung zu beeinflussen. Tunlichst sollte das harte Wort Lüge vermieden werden. Kritik und Vorwürfen stellt man sich zwar, spricht aber von flunkern, schwindeln und geschönten Wahrheiten. In Verbindung mit glaubhaft demonstrierter Reue, wird die unmoralische Tat entschärft und zu einem Kavaliersdelikt gemacht.

Methode 3: »Motivverschiebung«

An der Tatsache, daß man gelogen hat, gibt es nichts mehr zu rütteln. Die Fakten sprechen eindeutig gegen einen. Es gibt nur noch eins: als Begründung für die Unwahrheit ein möglichst positives Motiv glaubhaft anzuführen. Man bastelt sich eine Lüge über die Lüge zurecht, weist eigennützige Motive von sich und läßt das Handeln altruistisch erscheinen. »Ich habe gelogen, weil ich dich schützen wollte..., weil ich dir mit der Wahrheit nur weh getan hätte..., weil mir der Moment nicht richtig erschien...« Ergebnis: Man steht für sein Handeln ein und verbucht auf diese Weise einen wichtigen Pluspunkt in Sachen Moral. Und wer aus guter Absicht schwindelt, der zeigt Verantwortungsempfinden, Feingefühl, Rücksichtnahme – sozial hoch angesehene Werte also – und kann demzufolge kein gewöhnliches Schlitzohr sein.

DU WIRST ES MIR NICHT GLAUBEN, SCHATZ ... HUPS ...
MMMUSSTE ÜBERSTUNDEN MACHEN ...

Methode 4: »Unvermeidbarkeit«

Die Möglichkeit, daß man seine Schwindelei rechtfertigen muß, ist genauso präzise vorbereitet wie die Lüge selbst. Der verbale Ersatzfallschirm wird genau in dem Moment eingesetzt, wo die Unwahrheit rausgekommen ist. Statt zu leugnen, reagiert man unerwartet mit einer scheinbar spontanen Erklärung. Dieses Plädoyer für den Fall der Fälle ist besonders im Geschäftsalltag geeignet, wo unvollständige Wahrheiten wesentlich leichter akzeptiert werden. Entsprechend sind es sachliche Umstände, das Verhalten anderer oder eine Art Ausnahmesituation, die zum Schwindeln veranlaßt haben. Je nach Sachlage werden Gründe angeführt wie der enorme Konkurrenzdruck, die schlechte Auftragslage oder besser noch die unlauteren Maßnahmen der Mitanbieter. Die Präsentationsweise sollte sachlich, glaubwürdig und nachvollziehbar sein. Der Belogene muß Verständnis dafür empfinden, daß man so gehandelt hat. Natürlich vergibt der Lügner nicht die persönlichen Betroffenheitsbekundungen, während er sein Schwindeln mit den Geschäftsgebaren anderer rechtfertigt.

Theoretisch gibt es noch eine weitere Methode (»Rollentausch«), bei der man in die Offensive geht und schlicht behauptet, der andere hätte es selbst darauf angelegt und einen quasi zur Lüge verführt. Nach dem Motto »du wolltest doch belogen werden...« versucht man, die Schuld von sich zu weisen. Zugegeben, es ist eine interessante Variante, das Opfer selbst zum Verursacher zu erklären. Doch dürfte es einigermaßen schwer sein, mit Vorwürfen für Verständnis zu werben.

Kleinere Flunkereien erklärt der Schwindler mit einem Lächeln auf den Lippen und den Worten: »Da ist wohl die Phantasie mit mir durchgegangen...« oder anerkennend »ich wußte doch, daß ich dich nicht unterschätzt habe. Dir kann man einfach nichts vormachen...«. Und sollte zufällig gerade der 1.4. im Kalender stehen, heißt die charmante Formel »April, April.«

2.8 Check-Liste für die vorsätzliche Lüge

1. Habe ich mich innerlich auf die Lüge eingestellt und mich zum Schwindeln autorisiert?
2. Soll ein Teil der Wahrheit verschwiegen oder etwas dazugedichtet werden?
3. Welche Methode wurde ausgewählt, um den anderen an der Nase herumzuführen?
4. Habe ich meine Emotionen unter Kontrolle?
5. Klingt meine Lügengeschichte glaubwürdig und überzeugend?
6. Habe ich mich gedanklich voll auf die Zielperson eingestellt?
7. Beinhaltet meine Unwahrheit Inhalte, die die Zielperson zufriedenstellt?

8. Ist die Lügengeschichte mehrmals überprüft und eingeübt worden?
9. Sind die möglichen Zwischen- und Kontrollfragen der Zielperson gedanklich durchgespielt und vorbereitet?
10. Ist meine Präsentationsform (Erzählweise und Körpersprache) gegenüber der Zielperson festgelegt?
11. Habe ich mir bei der Vorbereitung meine persönlichen Lügenschwächen ins Gedächtnis gerufen; auf die ich unbedingt zu achten habe?
12. Ist das Risiko, erwischt zu werden ausreichend kalkuliert worden?
13. Ist eine Position für den möglicherweise notwendigen Rückzug (fallback position) vorbereitet?
14. Welche Rolle will ich spielen, falls ich ertappt werde?
15. Bin ich motiviert und voll bei der Sache?
Sind all diese Fragen geklärt, heißt es tief einatmen, lockern und »Go for it!«

2.9 Die zehn Grundregeln zum erfolgreichen Lügen

- Das oberste Ziel ist, auf gar keinen Fall als Lügner entlarvt zu werden. Wer einmal in Verruf ist, hat bei allen, die davon wissen, ausgespielt. In Notfällen gilt die Regel: bei der Wahrheit bleiben.
- Versuche nie, jemanden zu belügen, der selbst Profilügner ist oder in diesem Ruf steht. Er könnte das Spiel kennen und ein Meister im Entlarven sein.
- Dulde nicht, daß dich jemand anderes belügt. Verurteile diese Form als unmoralisch. Verschaffe dir den Ruf eines unanfechtbaren Wahrheitsfanatikers. Es ist die beste Tarnung für dein eigentliches Handeln.
- Lüge nie spontan, auch wenn eine Menge auf dem Spiel steht und dein Sportsgeist geweckt ist. Das Risiko, erwischt zu werden, muß stets sorgfältig gegen den Gewinn durch Unwahrheit abgewogen werden.

- Bereite kleinere Schwindeleien ebenso wie faustdicke Lügen stets mit Sorgfalt vor. Spiele sämtliche möglichen Widerstände und Schwierigkeiten vorher gedanklich durch.
- Prahle nicht mit deinen Lügenleistungen. Die Zuhörer von heute könnten deine Opfer von morgen sein. Deshalb hüte deine Schwindeleien stets als intimes Geheimnis.
- Wenn du jemanden belügst, tu es mit spielerischer Leichtigkeit, Überzeugung und Fingerspitzengefühl. Vermeide jede Form von Überheblichkeit und Sorglosigkeit.
- Wähle nur Lügentechniken, die du wirklich beherrschst und gründlich eingeübt hast. Deine Mogel-Karriere durch unnötiges Risiko zu gefährden, wäre hochgradig fahrlässig.
- Lüge nur, wenn du mit deiner Lüge und den möglicherweise damit verbundenen Konsequenzen tatsächlich leben kannst.
- Glaube nie, daß du ein perfekter Lügner bist. Es gibt stets Möglichkeiten, seine Technik zu verbessern. Nur wer stets an sich arbeitet, wird ein wahrer Künstler.

III.
LÜGEN IN ALLEN LEBENSLAGEN

3.1 Lüge und Schule

Mit dem Schummeln ist es wie mit dem Lügen. Wer behauptet, noch nie geschummelt zu haben, leidet unter Gedächtnisschwäche oder lügt.

Schummeln ist nichts anderes als eine praxisorientierte Form des Lügens. Schummeln ist aktives Überlebenstraining. Die unerlaubte Waffe in dem ungerechten System der Schule, um die persönlichen Interessen zu verteidigen. Eine Form des Täuschens, die zum Ärger des Lehrkörpers Breitensportcharakter hat.

Die schulische Karriere ist längst nicht mehr eine Frage von Allgemeinbildung, sondern knallharter Leistungsdruck. Einzelne Klassenarbeiten entscheiden heute darüber, ob man morgen den gewünschten Beruf erlernen darf. Sogar die Willkür einzelner Lehrer kann berufsentscheidend sein. Auf menschliche Krisen, familiäre Probleme wird keine Rücksicht mehr genommen. Am Ende werden mit mathematischer Gründlichkeit die Punkte zusammengezählt, die Abiturnote bis zur Kommastelle ermittelt und unumstößliche Fakten geschaffen. Allein von der Höhe dieser Zahl kann es abhängen, ob man seinen Berufswunsch verwirklichen kann, jahrelang warten oder sogar in eine andere Branche ausweichen muß, für die man vielleicht wesentlich weniger talentiert ist.

Niemand wird in der Lage sein, seine schulische Laufbahn ausschließlich durch clevere Täuschungsmanöver zu meistern. Mogeln ist eine punktuelle Korrekturmöglichkeit, die im Einzelfall sinnvoll und erfolgreich sein kann.

Genauso wie das Lügen erfordert der schulische Täuschungsakt Vorbereitung. Dies fängt bei der Frage an, was und wie viele Mikro-Informationen auf dem Spickzettel gespeichert werden müssen. Wo ist die Zetteldeponie: am Körper, am Platz oder extern (beispielsweise in der Klospülung)? Wählt man eine oder mehrere Techniken? Beherrscht man die ausgewählten Tricks wirklich? Kann man problemlos den Raum verlassen oder wird ein vom Arzt ausgestellter »Pinkelschein« benötigt, um während der Prüfung aufs Klo zu dürfen? Kommt man alleine klar oder wird Hilfestellung von Mitschülern benötigt? Soll dies innerhalb oder außerhalb des Klassenraumes geschehen?

Schummeln ist Training fürs Leben, auch und gerade fürs spätere Berufsleben, das heute weniger durch Bildung als vielmehr durch praktische Intelligenz und Geschicklichkeit geprägt ist. Resultate sind entscheidender als die Frage, wie man sie erreicht hat. Schummeln schärft die Sinne, fördert Kreativität, fordert Intelligenz und zwingt zur Disziplin.

Schummeln ist eine eigene Variante innerhalb der Kunst des Lügens. Sie erfordert in der Regel nicht nur verbales, sondern vor allem auch manuelles Geschick. Dazu zählt zum Beispiel das unauffällige Handhaben von Spickzetteln in allen Situationen des Prüfungsaktes. Eine nicht zu unterschätzende Fähigkeit, insbesondere wenn man unter verschärften Prüfungsbedingungen mehrere beutehungrige Aufsichtslöwen an der Nase herumführen muß.

In manchen Fällen sind Schummeln und Lügen sogar identisch. Wenn beispielsweise eine einzelne Klassenarbeit darüber entscheidet, ob man ein ganzes Schuljahr wiederholen muß, kann es sinnvoll sein, gar nicht erst zu erscheinen. Statt dessen besorgt man sich ein ärztliches Attest, das den Krankheitszustand bestätigt. Jetzt legt die Schule einen neuen Termin zum Nachschreiben der Klassenarbeit fest und man hat dank der Lüge wertvolle Zeit gewonnen. Diese wird jetzt zum effektiven Büffeln des Lernstoffes genutzt.

Die Vielfalt der Schummelmethoden ist beeindruckend. Längst erschöpfen sie sich nicht mehr im einfachen Spickzettel, den Opa schon zu seinen Pennälerzeiten in der Trickkiste hatte. Heute sind es Zettelkarteien, vorgeschriebene Klausuren, extern per Ghostwriter verfaßte Klassenarbeiten. Auch die Technik kommt inzwischen zum Einsatz: Wenn dem schwitzenden Schüler per

Walky Talky die Antworten von draußen ins Ohr diktiert werden, Taschenrechner zu geheimen Textspeichern umfunktioniert werden oder sogar der private Homecomputer drahtlos aus dem Klausurenraum abgefragt wird. (Eigenwerbung: »Das große Buch vom Schummeln« im Eichborn Verlag verrät die technischen Geheimnisse.)

Daß man mit einer Lüge sogar todsicher durchs mündliche Abitur kommt, beweist folgende Methode, auf die ein ehemaliger Mitschüler schwört.

Vom ersten Augenblick der Prüfung an heißt es, Position bekennen. Nach dem Motto »Bangemachen gilt nicht« wird schon beim Eintreten gezeigt, was hier Sache ist. Mit selbstbewußtem Schritt nähert man sich der mündlichen Folterkammer, öffnet mit einem kräftigen Ruck die Tür und läßt ein fröhliches »Moin, Moin« (Grüß Gott etc.) im Raum erklingen. Vom zaghaften »Bin ich hier richtig?« ist genauso abzuraten wie von einem markigen »Da bin ich, meine Herren. Können Sie sich bitte beeilen, meine Zeit ist knapp!«

Als Überleitung hat sich ein »Darf ich mich setzen? Ich bin so schrecklich nervös!« bewährt. »Ist das nicht ein Prachtwetter heute?« klingt recht hausbacken.

Um anfängliche Berührungsängste auszuräumen, beginnt man gleich mit einer lebhaften Diskussion, wo man denn am besten sitzt. Falls Zuhörer an der Prüfung teilnehmen, kann man sich auch wortlos zu ihnen gesellen. Das Hinsetzen selbst ist jetzt wichtig. Wer beide Hände in den Taschen behält und sich locker auf den Stuhl gleiten läßt, erntet erste anerkennende Blicke. Denn Körpersprache ist alles. »Cool bleiben« heißt die Parole. Kippeln mit dem Stuhl reizt die Pauker, während ein Yogasitz auf hohe transzendentale Intelligenz schließen läßt. »Nun werden Sie auch noch Ihres geliebten Mittagsschlafs beraubt«, kann provozierend verstanden werden. Dann schon lieber ein verständnisvolles »Wie halten Sie das bloß aus in dieser stickigen Luft?«

Vorsicht! Mit der Floskel »Also Sie haben sich mit der Frage beschäftigt, wie...« will der Pauker die erste Runde einläuten. Jetzt heißt es, Zeit gewinnen. Wie von der Tarantel gestochen, springt man auf, rennt zum Prüfungsvorsitzenden und flüstert ihm ins

Ohr: »Ich habe meine Stichwortzettel im Vorbereitungsraum vergessen. Bin aber gleich wieder zurück. Mann, bin ich nervös. Hatte ihn ja doch bei mir«, erklärt einleuchtend die Situation.

Die allmähliche Unruhe der Prüfer wird einfach ignoriert und sofort die Initiative ergriffen: »Also, Ihre Frage finde ich außerordentlich ansprechend. Schon privat habe ich mich anhand von Fachliteratur und Zeitschriften intensiv mit dieser Thematik auseinandergesetzt.«

Ein dankbarer Blick des Prüfers zeigt jetzt seine Hoffnung, endlich die erste Frage stellen zu können. Andachtsvoll und konzentriert lauscht man seinen Worten. Bestätigendes Kopfnicken und gefaltete Hände vermitteln dabei das Gefühl, besonders aufmerksam zuzuhören. Zeigefinger an die Lippen legen und Grübelfalten aufsetzen.

Mit einem zögernden »Ich bin mir nicht ganz sicher, ob ich Sie richtig verstanden habe. Sie wollen also von mir wissen...« wird die Frage exakt wiederholt und zurückgespielt. Im Anschluß folgt eine rhetorische Pause, wobei man sich nachdenklich zurücklehnt. Ruckartig wird zum Stift gegriffen, um einige Stichworte auf dem Kladdezettel zu notieren. »Zweifellos ist das ein ausgesprochen interessanter Aspekt des Themas. Doch wird es der Bedeutung des Themas eher gerecht, wenn wir die Frage anders stellen würden...«

Zu diesem Zeitpunkt erfährt die Prüfung meist eine dramatische Wende, weil die Pauker erbost auf ihre Kompetenz und die bereits verstrichene Zeit hinweisen. Das ist die ideale Gelegenheit, um ein paar kritische (natürlich vorbereitete) Worte über diese autoritäre Prüfungsform zu verlieren. Schließlich dürfte eine derartig diktatorische Äußerung nicht den Grundsätzen der Reformierten Oberstufe entsprechen.

Nach seiner Attacke sollte der Abiturient aber auf jeden Fall wieder fachlichen Ehrgeiz ausstrahlen: »Nun lassen sie uns aber endlich wieder zur Sache kommen!« In den restlichen paar Minuten der Prüfungszeit rückt man mit einigen Fakten zum Thema raus. Doch sollte nicht zu sehr ins Detail gegangen werden. Schließlich könnte man ja etwas Falsches sagen. Mit Formulierungen wie »Ohne vereinfachen zu wollen, kann man global betrachtet sagen...« oder »Unter besonderer Berücksichtigung der jeweiligen Einflußfaktoren ist es sicherlich angebracht...« läßt sich zusätzlich wertvolle Prüfungszeit gewinnen.

Reißt einem Prüfer dann der Kragen, kontert man treffsicher mit der Frage: »Das verstehe ich nicht! Davon haben Sie mir ja gestern am Telefon gar nichts erzählt!« Jetzt kann man getrost seine Unterlagen zusammenkramen. Denn die Prüfer werden sich nun wortgewaltig auf ihren Kollegen stürzen und ihn mit Fragen bombardieren.

3.2 Lüge und Beruf

Eigentlich müßte am Eingang jeder Firma ein großes Schild angebracht sein mit der Aufschrift: *»Achtung, Sie betreten jetzt ein Lügen-Territorium. Gleichgültig, ob sie Mitarbeiter, Kunde oder Lieferant sind, seien Sie jederzeit auf die Unwahrheit vorbereitet.«* Tatsache jedenfalls ist, daß das Berufsleben der Lebensbereich ist, in dem am stärksten gelogen wird.

Die Firma ist ein sozialer Mikrokosmos, in dem aus diversen Motiven heraus sämtliche Lügenformen in den unterschiedlichsten Schattierungen auftreten. Der Chef meint, zum Lügen autorisiert zu sein, weil er zum Wohle der Firma handelt. Lieferanten und Kunden werden von Angestellten beschwindelt, um zu vermeiden, daß Versäumnisse zutage kommen und die Geschäftsbeziehung leidet. Die Firmenzentrale wird belogen, um Probleme zu kaschieren oder kleinere Erfolge groß rauszubringen. Mitarbeiter, die unerlaubt eine Beziehung miteinander haben, tarnen ihr Verhältnis und führen die gesamte Belegschaft an der Nase herum. Vorgesetzte lügen aus altruistischen Motiven, weil sie meinen, der Betroffene könne die volle Wahrheit nicht ertragen. Angestellte und Vorgesetzte belügen sich gegenseitig, um sich bei Laune zu halten, sich zu profilieren, von Fehlern abzulenken, zu neuen Leistungen anzustacheln. Kurzum, die Lüge gehört zum Spiel und guten Ton einer jeden Geschäftsbeziehung.

Im Berufsleben gibt es die wenigsten Schuldgefühle beim

Schwindeln. Schließlich sind Vorgesetzte, Kollegen und Kunden in der Regel keine persönlichen Freunde. Und ohne persönliche Beziehung und intimes Vertrauen haben die meisten Menschen keine Hemmungen, die Unwahrheit zu sagen. Außerdem ist es leicht, für die jeweilige Lüge berufliche Rechtfertigungen zu finden. Die größte Verführung ist aber der Gewinn durch die Lüge im Beruf: Karriere, Geld, Macht und Beliebtheit – Erfolg in jeder Form.

Vordergründig betrachtet, könnte man meinen, im Büro werde nur im Kleinen gelogen, etwa um sich bei unangenehmen Telefonaten verleugnen zu lassen oder um sich bei nicht eingehaltenen Terminen herauszureden: »Der Brief ist schon in der Post...«; »Die Überweisung ist bereits letzte Woche rausgegangen...«; »Ich habe Sie gar nicht erreichen können. Ist Ihr Fax-Gerät eigentlich kaputt...?«; »Herr Klötze ist im Urlaub, da muß die Administration den Vorgang verschlafen haben...«; »Wir haben einen neuen Lieferanten ausprobiert, der uns hängengelassen hat...«; »Ganz im Vertrauen, unser Computer ist abgestürzt...«

In der Realität des Berufslebens begleitet den Angestellten die Lüge auf sämtlichen Stationen des betrieblichen Werdegangs: vom Bewerbungsgespräch über die firmeninterne Imageprofilierung und Gehaltsverhandlungen bis hin zur Kündigung.

3.2.1 Die Bewerbung

Schon bevor man bei einer Firma das sogenannte Arbeitsverhältnis beginnt, wird heftigst gelogen. Denn im Bewerbungsgespräch zeigt sich, ob man es versteht, die Wahrheit kunstvoll zu schönen. Der Könner weiß, daß der eingereichte Lebenslauf nur die halbe Wahrheit enthalten darf. Hat man zu Beginn seiner Berufslaufbahn ein erfolgloses Intermezzo bei einer Firma gehabt, wird dies selbstverständlich verschwiegen. Statt dessen behauptet man, im Anschluß an sein Studium im Ausland gearbeitet zu haben, um die Fremdsprachenkenntnisse zu optimieren.

Auch wenn in Schule und Uni das Interesse eigentlich nur dem

Sport galt, steht im Lebenslauf, daß man Klassen- und Schulsprecher sowie ASta-Vertreter war. Weiß man doch schließlich, daß viele Unternehmen Nachwuchskräfte suchen, die schon in ihrer Ausbildung Führungsfunktionen innehatten. Um diesen Punkt zu unterstreichen, kann im Einzelfall auch noch auf ein politisches Amt in einer Jugendorganisation oder auf eine Vorstandsposition im Sportverein hingewiesen werden.

Manche Studienabsolventen bewerben sich nur zum Schein bei einzelnen Firmen. In Wirklichkeit wollen sie Erfahrungen im Führen von Bewerbungsgesprächen sammeln. Neben der attraktiven Kilometergeldabrechnung ist ihr eigentliches Ziel ein anderes. In Wirklichkeit sind sie auf die Stelle in einem renommierten Großunternehmen scharf, das allerdings im Ruf steht, nur beste Talente einzustellen. Da macht es schon Sinn, andere Firmen als Trainingsacker für das eigentliche Stellungsspiel zu nutzen.

Im Bewerbungsgespräch selbst wird auf beiden Seiten gelogen, daß sich die Balken biegen. Der Personalchef wird von seiner Firma nur in den höchsten Tönen schwärmen als dynamischem, erfolgreichem Unternehmen mit leistungsorientierter Bezahlung seiner Mitarbeiter. Image-, Absatzprobleme oder eine möglicherweise hohe Personalfluktuation werden geflissentlich unterschlagen. In diese Atmosphäre paßt sich

ICH BIN PÜNKTLICH, ZUVERLÄSSIG UND VERGESSE NIE ETWAS, HERR KLOPS . . .

der Bewerber mit seiner eigenen Verkaufsstrategie ein. Auch er präsentiert sich mit dem Glanz eines vielversprechenden Kandidaten. Das ist auch richtig; wichtig ist nur, ein paar grundlegende Dinge zu beachten, um grobe Schnitzer zu vermeiden.

Jede Form von Übereifer ist schädlich. Man mag zwar auf die ausgeschriebene Stelle höllisch spitz sein und am liebsten runterbeten wollen, was man alles kann und warum man einfach die Idealbesetzung für diesen Job ist. Ein Routinier jedoch spricht zunächst weder über sich noch über den Grund für das Gespräch. Statt dessen wird er versuchen, das Thema beiläufig auf den Personalchef selbst zu lenken. »Wie lange sind Sie schon im Unternehmen?«, »Haben Sie im Personalbereich angefangen oder kommen Sie ursprünglich aus dem Marketing?« sind gute Fragen für den Einstieg. Besser noch sind persönlichere Fragen. Steht zum Beispiel eines dieser kitschigen Familienbilder mit strahlender Ehefrau und Kindern auf dem Schreibtisch, bietet es sich an zu fragen: »Wie haben Sie es geschafft, Familieninteressen und Karriere in Einklang zu bringen?« Hängen zum Beispiel private Squash-, Golf- oder Pferdebilder an der Wand, heuchelt man Interesse an diesen Sportarten und fachsimpelt ein bißchen. – Keine Sorge, die sportliche Allgemeinbildung reicht aus, um mitreden zu können. In den meisten Fällen werden derartige Fragen als Aufmerksamkeit, Höflichkeit, Sensibilität gewertet und dankbar beantwortet. Kann der Personalchef doch endlich mal von den Dingen reden, die ihm wirklich wichtig sind. Und diese angenehme Stimmung wirkt sich nicht nur positiv auf die Gesprächsatmosphäre aus, sondern auch auf die Beurteilung des Kandidaten.

Führt die Firma für ihre Bewerber sogenannte Assesment Center mit Testbatterien durch, gibt es eine Grundregel: Bei den Fragebögen der Persönlichkeitstests nie unüberlegt die Antworten ankreuzen, die man eigentlich geben würde. Entscheidend ist, daß die Antworten exakt dem Verhaltensmuster entsprechen, das für den jeweiligen Job gewünscht wird. Außerdem ist es empfehlenswert, sich auf die Tests vorzubereiten. Ein Tip: Im Fachbereich Psychologie gibt es eine Testbibliothek, die gängige Fragebögen archiviert (und im Eichborn Verlag von Hesse/Schrader einschlägige Lehrbücher).

Scheinbar beiläufig gestellte Fragen gilt es in ihrer Bedeutung richtig einzuschätzen. Erkundigt man sich nach dem Familienstand, wird in Wirklichkeit darauf abgezielt, ob man ein sogenanntes »geordnetes Privatleben« führt. Ein Leben in der Wohngemeinschaft, private Ausschweifungen oder jede Form von Abweichung von der gesellschaftlichen Norm sollte man tunlichst unterschlagen. Kommt es zum Thema Fremdsprachen-Kenntnisse, so spricht man selbstverständlich Englisch ohne Probleme. Daß man erst nach der Vertragsunterzeichnung mit dem Crash-Kurs beginnen wird, spielt beim Vorstellungsgespräch ja keine Rolle. Entscheidend ist allein der gute Eindruck.

Understatement ist maßgebend für das Rollenspiel. Braucht man den Job auch noch so dringend, dem Personalchef wird vorgespielt, daß man nur mal vorbeischaue, um sich in Ruhe eine geeignete Firma auszusuchen. Schließlich strebe man eine langfristige Firmenbindung an. Kommt es dann zu einem Angebot, möchte man zwar am liebsten rausposaunen: »Hey, sauber, Alter! Laß den Vertrag rüberwachsen, damit wir die Sache gleich jetzt festnageln.« Doch wie beim guten Angler entscheidet das Können im Drillen darüber, ob man auch große Fische an Land zieht. So erbittet man Bedenkzeit, spricht von zwei Alternativangeboten und der Tatsache, daß man sich nicht völlig über die finanziellen Unterschiede der Konkurrenz hinwegsetzen könnte. Als Reaktion wird jeder kluge Personalmann nun versuchen, anzuziehen. Entweder wird er sofort oder aber am nächsten Tag sein Angebot nachbessern. Ja, jetzt holt man das Gaff aus der Tasche und zieht den fetten Fisch an Land.

In manchen Fällen ist sogar eine Lüge notwendig, um überhaupt zu einem Vorstellungsgespräch zu kommen. So zumindest ging es Sibylle, einer befreundeten Germanistikstudentin, die sich auf dem Schriftweg vergeblich um ein Volontariat beim Norddeutschen Rundfunk beworben hatte. Ein Anruf bei der Personalabteilung zeigte ihr schnell, wie aussichtlos ihre Bewerbung war. Über hundert Bewerber, teilweise schon mit akademischen Titeln,

Warteliste, frühestens in zwei Jahren, das waren die Schlagworte, mit denen sie abgeschmettert wurde.

Ein paar Tage Frust, dann entschied sie sich für einen höchst unbürokratischen Weg. Nach einer Woche aufmerksamen Radiohörens wählte sie sich ihren persönlichen Lieblingsmoderator aus. Anschließend ließ sich Sibylle telefonisch mit der entsprechenden Sekretärin verbinden und einen Termin geben. Auf die Frage, was denn der Anlaß des Gespräches sei, blockte sie charmant ab: »Es ist eine private Angelegenheit...Ich bin gerade in Hamburg, und ich hab' Wolfgang versprochen, daß wir uns sehen, wenn ich wieder mal in der Stadt bin...« – Damit war die wesentliche Hürde über die gefürchtete Vorzimmerdame genommen.

Beim eigentlichen Treffen mußte die Wahrheit natürlich raus. Hier gab es zwei Möglichkeiten: Entweder würde sie sofort rausgeschmissen werden oder tatsächlich ein Volontariat erhalten. Doch eigentlich gab es nichts zu verlieren. Und so sagte Sibylle offen: »Entschuldigen Sie, daß ich mir mit diesem dreisten Trick einen Termin bei Ihnen erschwindelt habe. Aber ich möchte unbedingt ein Volontariat bei Ihnen machen und mußte deshalb alles auf eine Karte setzen...« – Ergebnis: Nach einer angeregten Diskussion hatte sie das sechsmonatige Praktikum zwei Stunden später in der Tasche. Bingo! – Mittlerweile hat Sibylle übrigens ihre eigene Sendung. Kein Lügenmärchen.

3.2.2 Imageprofilierung

Auch hier gilt die Kunst des Scheins. Ziel ist es, sich in einem glanzvollen Licht zu präsentieren, um die Aufmerksamkeit der Oberen zu bekommen und später mit höheren Weihen gesegnet zu werden. Platt gesagt heißt es also, positiv auffallen. Denn machen wir uns doch nichts vor: Welche Angestellten gefördert werden, ist zu einem großen Teil eine höchst subjektive Einschätzung.

Die Täuschungsstrategie darf sich nicht allein auf eine Maßnahme beschränken. Wichtig ist, daß man einen Gesamteindruck prägt, der überzeugend und glaubwürdig ist. Als Image strebt man zum Beispiel an, für den dynamischen, verantwortungsbewußten Führungsnachwuchs gehalten zu werden.

Das Konzept beginnt bereits bei Kleinigkeiten. Neben der »Frankfurter Allgemeinen« liegt auch die »New York Times« täglich auf dem Schreibtisch. Dies signalisiert Intelligenz, Sprachkenntnis und weltmännisches Auftreten. Ein Zeitmanagement-Kalender verrät dazu noch, daß man organisiert, dizipliniert und effizient arbeitet. Er liegt plakativ auf dem Schreibtisch und ist stets mit reichlich Terminen (notfalls fiktiven) gefüllt. Das körperliche Auftreten muß dem Bild entsprechen: dynamische Ausstrahlung mit kräftigem Gang und aufrechter, selbstbewußter Körperhaltung; jedoch ohne hektisch oder gehetzt zu wirken.

Aber Vorsicht: Die richtigen Accessoires sind zwar unabdingbar zur Imagepolitur, sie sollten jedoch nicht um jeden Preis eingesetzt werden. Wie schnell so etwas in schiere Peinlichkeit umschlagen kann, zeigt folgendes Beispiel: Einer meiner Freunde befand sich auf dem Weg zu einem außerordentlich wichtigen Kundentermin, geriet jedoch in einen Stau auf der Autobahn. Da sein Wagen hoffnungslos in der Schlange feststeckte, kam er auf die Idee, im Stau einen Fahrer mit Autotelefon zu suchen, um telefonisch die Verspätung anzukündigen. Anhand der speziellen Antennen waren die Fahrzeuge mit Autotelefon auch leicht zu erkennen. Dennoch dauerte es relativ lange, bis der Freund endlich telefonieren konnte. Denn drei von den vier angesprochenen Autofahrern mit Manager-Auftreten hatten nichts weiter als Telefonattrappen in ihren Wagen.

Während die meisten Kollegen ihren Eifer hauptsächlich innerhalb der offiziellen Arbeitszeit zeigen, setzt man seinen persönlichen Einsatz für den Betrieb eher antizyklisch ein: Morgens ist man der erste am Arbeitsplatz und abends verläßt man als letzter das Büro. Statt ausgiebiger Restaurantessen hält man seine Mittagspause bewußt kurz und nimmt seinen Salat oder ein Sandwich am Schreibtisch ein. Punktuell werden dann noch aufmerksamkeitsstarke Spät- und Samstagschichten eingelegt.

Manche Aufstreber lassen sich sogar auf Seminaren, Tagungen oder Versammlungen von ihrer Sekretärin anrufen, um den Eindruck zu vermitteln, man habe wahnsinnig viel zu tun und sei quasi unersetzbar. Dieser Schuß kann aber auch schnell nach hinten losgehen, wenn er als billige Wichtigtuerei erkannt wird. Vordergründige Effekthascherei muß unbedingt vermieden werden, wenn die Täuschungsmanöver greifen sollen.

Da ist es schon raffinierter, wie es ein Kollege eingefädelt hatte. Er bat zwei seiner wichtigen Kunden, mit denen er ein gutes Verhältnis hatte, um einen Gefallen. Seine Bitte: »Ich brauche deine Unterstützung für eine mich betreffende Personalentscheidung. Kannst du nicht an meinen Boß einen Geschäftsbrief schreiben und nebenbei auch die besonders gute Zusammenarbeit zwischen uns herausstellen...« Wie beabsichtigt kamen beide Kundenbriefe mit dem gewünschten Inhalt und einer zeitlichen Verzögerung. Das Ergebnis: Der Zeitpunkt war richtig gewählt, eine Beförderung die Folge.

3.2.3 Gehaltsverhandlungen

Das Feld der Imageprofilierung erfolgreich zu beackern, ist die wichtigste Voraussetzung, um eine gute Ernte in Form einer Gehaltserhöhung einzufahren. Leider jedoch ist die Gehaltsaufbesserung kein selbstverständliches Naturgesetz. Da Vorgesetzte ihren Geldsäckel geizig verwalten, sind sie in der Regel schneller bei Lobeshymnen als bei Gehaltsaufstockungen. So gilt es auch hier, mit geschickten Täuschungsmanövern Bauernschläue zu beweisen.

Gehaltsverhandlungen sind eine Mischung aus verbalem Tauziehen und Bluffen. Die Rollen sind immer gleich: Wenn überhaupt eine finanzielle Aufbesserung vorgesehen ist, ist man mit ihrer Höhe nicht zufrieden. Man will mehr, der Chef ist aber nicht bereit dazu. Sein Ziel besteht darin, ein hartes »Nein, es gibt nicht mehr Geld. Basta!« unbedingt zu vermeiden. Auf sanfte Weise will er den Mitarbeiter ruhigstellen, ohne ihn für die weitere Arbeit zu demotivieren.

Die Spieltaktik des Chefs ist es, den Arbeitnehmer mit nicht nachprüfbaren Fakten zu täuschen, zu verunsichern und einzuwickeln. Beliebte Scheinargumente sind: »Sie liegen in der Firma schon an der Spitze in ihrer Gehaltsgruppe...« oder »Ihr jetziges Gehalt ist bereits weit über dem Bundesdurchschnitt für vergleichbare Tätigkeiten...« (Vergleichs-Bluff); »Die Zentrale bewilligt derartig hohe Gehaltssprünge nicht, selbst wenn ich wollte...« oder »Für das Unternehmen wurde der Grundsatz festgelegt, daß zwischen zwei Gehaltserhöhungen mindestens zwölf Monate liegen müssen...« (Kompetenz-Bluff). »Berücksichtigen Sie doch mal, wieviel wir neben dem Gehalt in Sie investieren. Denken Sie mal an die vielen Seminare und Schulungen zu denen wir Sie schicken...« oder »Im Moment ist die finanzielle Situation so angespannt, daß wir unbedingt Kosten sparen müssen...« (Kosten-Bluff). »Wenn Sie weiterhin so gute Leistungen zeigen, dann werden wir dies selbstverständlich auch gehaltlich berücksichtigen...« oder »In einem halben Jahr etwa erscheint mir die Frage nach einer Gehaltsaufbesserung angemessen...« (Verzögerungs-Bluff).

Der Betroffene hat natürlich das Problem, daß er diese Argumente nicht leicht entkräften kann. Schließlich will er seinen Chef ja nicht attackieren und die Verhandlungsatmosphäre vergiften. Ein »Sie sind ein elender Lügner und wollen mich nur vertrösten...« kommt daher nicht in Frage. Statt dessen wählt er die gleichen Waffen und bringt seinerseits Fakten ins Spiel, die nicht nachprüfbar sind. »Ich stehe in einem Gewissenskonflikt... habe von einer anderen Firma ein verführerisches Angebot erhalten, aber fühle mich hier im Job eigentlich sehr wohl...« (Konkurrenz-Bluff). »Ich überlege, eventuell für zwei Jahre ins Ausland zu gehen, um anschließend eine bessere Perspektive zu haben, meine beruflichen Ziele zu verwirklichen...« (Karriere-Bluff). »Es hat mich hochgradig irritiert, als ich erfuhr, wie in anderen renommierten Firmen mein Job honoriert wird...« (Marktwert-Bluff). – Auf jeden Fall sollte in direktem Zusammenhang mit derartigen Äußerungen unterstrichen werden, daß man seinem jetzigen Arbeitgeber gegenüber loyal ist und sich grundsätzlich in der Firma wohl fühlt. Sonst wird aus der sanften Verhandlungstaktik mit

Entschlossenheit ein brutales Entweder-mehr-Kohle-oder-ich-Gehe ohne Erfolgschancen.

Wird nun endlich über die Höhe des neuen Gehaltes geredet, heißt es, die Frage zu beantworten: »Was haben Sie sich denn vorgestellt?« Bei der Antwort darf man nun nicht ehrlich und naiv den wirklichen Zielbetrag nennen. Sicherer ist es, höher anzusetzen, um einen Spielraum als Reserve zu haben. Denn kein Chef verzichtet beim Verhandeln einer Gehaltserhöhung auf das Feilschen – auch wenn die Summe eigentlich anstandslos akzeptiert werden könnte. Da für den Chef das Aushandeln der Summe einen wesentlichen Reiz ausmacht, kommt man ihm symbolisch entgegen und landet dann doch dort wo man eigentlich hinwill. Nennt zunächst der Vorgesetzte seine Vorstellung, gilt das gleiche. Auch er hat einen Spielraum und kommt nicht sofort mit seinem maximalen Angebot rüber. In diesem Zusammenhang ist die beliebteste Lüge des Chefs: »Das ist mein letztes Angebot!«

Verhandelt man das Gehalt bei einem Einstellungsgespräch, kann man leicht in eine tückische Situation geraten. In vielen Firmen gibt es nämlich eine recht große Bandbreite an Gehältern für eine bestimmte Position. Um nun die neue Summe festzulegen, fragt der Personalchef nicht nur nach dem Wunschgehalt, sondern auch nach dem bisherigen Salär. An diesem Unterschied wird dann beurteilt, ob man eine angemessene Gehaltserhöhung anstrebt, die in der Regel bei 15 Prozent liegt. Warum also nicht einfach beim alten Gehalt lügen? Der Haken aber ist, daß die neue Firma nach der Einstellung die alte Lohnsteuerkarte bekommt und schnell überprüfen kann, ob die Angaben stimmten. Und wer will schon das Risiko eingehen, am ersten Arbeitstag bei einer Lüge gestellt zu werden?

Ein Bekannter hat allerdings einen Weg gefunden, um der Falle mit der Lohnsteuerkarte zu entgehen. Nachdem er sein altes Gehalt wesentlich höher angegeben hatte, als es tatsächlich war, bediente er sich eines einfachen Tricks. Nicht die alte Lohnsteuerkarte, sondern eine neue, noch unbeschriebene reichte er beim Arbeitgeber ein. Eine zweite Karte kann man nämlich ohne Problem bei der Behörde bekommen (Begründung: Verlust der ersten Karte oder Arbeiten für zwei Firmen). Die Vorteile beschrieb dieser Bekannte recht plausibel: »Mit der zweiten Lohnsteuerkarte kann ich mich entspannt zurücklehnen, weil keine Kontrollmöglichkeit besteht, falls jemand auf die Idee kommen sollte, meine Angaben zu hinterfragen. Wegen des Datenschutzes darf mein Gehalt auch nicht beim alten Arbeitgeber erfragt werden. Und der Lohnsteuer-Jahresausgleich geht mir auch nicht durch die Lappen. Denn am Ende des Jahres reiche ich einfach beide Karten ein.«

3.2.4 Kündigungen

Kein Chef wird, wenn er einem Mitarbeiter kündigt, sagen: »Ich feuere Sie, weil ich Sie nicht ausstehen kann, mir Ihre Art auf den Keks geht und Sie ein ausgemachter Vollidiot sind.« Auch wenn dies seine wahren Motive sind, so wird er andere Gründe für sein Handeln vortäuschen. Häufig ist dies sogar eine doppelte Lüge. Denn zum einen will er dem Mitarbeiter vormachen, seine Entscheidung wäre auf der Basis objektiver und seriöser Überlegungen getroffen worden. Zum anderen lügt sich mancher Chef dabei auch noch in die eigene Tasche. Denn er meint, seine Lügen dienten einem guten Zweck. Machen die vorgetäuschten Gründe es dem Mitarbeiter doch leichter, die Trennung zu verdauen.

Ist man nun selber derjenige, der die Firma verlassen will, könnte man meinen, die Kündigung sei ein guter Zeitpunkt, seinerseits die Wahrheit rauszulassen. Endlich dem Chef all die Dinge an den Kopf werfen, die man immer schon von ihm dachte, aber nicht zu sagen wagte. Fehler, das Täuschungsspiel sollte weitergehen. Erstens stimmt die Regel: Man trifft sich immer zweimal im Leben; vielleicht kommt es unter anderen Umständen wieder mal zu einer Zusammenarbeit. Selbst wenn diese Möglichkeit ganz klar ausscheiden sollte, läuft man Gefahr, durch brutale Wahrheiten eine Feindschaft aufzubauen, die nur schaden würde. Denn ein waidwund geschossener Chef wird als Revanche versuchen, den Ruf des Exmitarbeiters in der Branche schlechtzumachen. Insbesondere, wenn bei späteren Bewerbungsgesprächen Auskünfte bei der alten Firma eingeholt werden, kann die Wahrheit schnell zu einem unangenehmen Bumerang werden. – Ein weiterer Beweis für die Überlegenheit der Lüge vor der nackten Wahrheit.

Eine sogar institutionalisierte Lüge im Beruf ist das Mitarbeiterzeugnis. Ein Schriftstück, das die Arbeit des Mitarbeiters zusammenfaßt und beurteilt. Der Gesetzgeber schreibt nun vor, daß sich dieses Zeugnis neben der rein faktischen Tätigkeitsbeschreibung allein auf die positiven Leistungen beschränken muß. Kurzum, Nachteiliges über den Angestellten zu schreiben, ist untersagt. Im Gegensatz dazu steht die Realität. Hinter dem äußerlich positiven Schreibstil verbirgt sich nämlich ein Code, den jeder Personalchef zu lesen versteht.

Die Formulierung »Er hat sich stets um einen guten Job bemüht...« heißt in Wahrheit: Er hat es versucht, ist aber gescheitert. Äußerungen wie »Die ihm aufgetragenen Arbeiten wurden zur Zufriedenheit der Firma erledigt« klingen nur für den Naiven gut. In Wirklichkeit bedeutet es das Gegenteil. Und die Formulierung »...zur vollen Zufriedenheit der Firma...« besagt lediglich, daß es gute und schlechte Leistungen gegeben hat. Nur die Worte »vollste Zufriedenheit« sind ein echtes Lob. Fehlen zum Beispiel Bemerkungen wie »...Er war ein von seinen Kollegen geschätzter Mitarbeiter...« im Zeugnis, signalisiert es, daß der Bewerber sich nur schwer einordnet. Ähnliches gilt, wenn kein Wort über Zuverlässigkeit oder Verantwortungsbewußtsein gesagt wird.

3.2.5 In welchen Berufen wird am meisten gelogen?

Maler und Bäcker gehören zu den ehrlichsten Berufsgruppen, Politiker und Autohändler sind nach Meinung der meisten Bundesbürger unehrlich. Das ergab die Umfrage »Wer lügt am meisten?« *) eines Hamburger Meinungsforschungsinstituts. Hier die Ergebnisse:

Versicherungsvertreter	71%	Politiker	67%
Autohändler	53%	Werbeleute	53%
Makler	50%	Journalisten	46%
Astrologen	31%	Finanzberater	25%
Chemiemanager	20%	Verkäufer	19%
Pfarrer	18%	Rechtsanwälte	17%
Reiseleiter	15%	Beamte	8%
Bänker	7%	Ärzte	6%
Architekten	5%	Friseure	5%
Fußballspieler	5%	Kellner	5%
Installateure	3%	Zahnärzte	3%
Buchhändler	2%	Lehrer	2%
Tennisprofis	2%	Bäcker	1%
Maler	1%		

*)Mehrfachnennungen möglich

3.3 Lüge und Liebe

Das klingt phonetisch fast gleich, und trotzdem sträuben sich im ersten Moment die Nackenhaare, wenn man Lüge und Liebe in einen Topf werfen will. Bei näherer Betrachtung erkennt man jedoch schnell, daß gerade die Liebe ein Tummelplatz der Lüge ist. Alle Arten und Schattierungen sind hier anzutreffen, von den kleinen Schwindeleien bis zu den großen Unwahrheiten. Ausreden, Höflichkeits- und Notlügen kommen ebenso selbstverständlich zur Anwendung wie Versprechen, die Lügen auf Kredit. Mehr noch, viele Lügen ermöglichen, beweisen und bewahren erst die Liebe. – Keine Sorge, es geht nicht um eine trockene philosophische Betrachtung, sondern um die simple Verdeutlichung, daß gerade in der Liebe die Lüge äußerst positiv zu bewerten sein kann und zum Spiel dazugehört.

Da sind zunächst die **Lügen von der Liebe**. Auch ohne Dichtung sind unsere Gefühle von Romantik geprägt. Die Ratio ist ausgeschaltet, Emotionen diktieren die Vorstellung. Wir wollen uns den Träumen und Wünschen hingeben und genießen es. Gegenseitig beschwören wir die ewige Liebe und Treue, obwohl unser Unterbewußtsein sagt: Das ist ein gewagtes Versprechen. Entweder, weil man es selbst mit verklärten Augen betrachtet oder weil der andere es hören möchte, spricht man von Bestimmung, Liebe auf den ersten Blick und Liebesheirat. Auch wenn die Scheidungsquote uns mit großer Wahrscheinlichkeit Lügen strafen wird, versprechen wir Zusammensein bis zum Tode. Unverheiratete sind da nicht anders. Ist nicht die jetzige Liebe immer die große Liebe, von der wir behaupten, daß es sie nur einmal gibt? Ist nicht jedem von uns schon mal der Satz über die Lippen gegangen: »Was uns verbindet, werde ich nie für jemand anderen empfinden können.« Ob wir nun sagen »Ich kann nicht ohne dich leben« oder behaupten »Andere Frauen/Männer existieren für mich nicht«, es sind alles Lügen, auch wenn es liebenswerte sind.

Nicht anders ist es mit den **Lügen in der Liebe**. Bewußt streuen wir Unwahrheiten, um bestimmte Reaktionen beim Partner auszulösen. Man wünscht sich mehr Aufmerksamkeit und produziert eine Lüge, um den anderen emotional zu treffen und eifersüchtig zu machen. Ob sie nun sagt »Unser Bürocasanova wollte mich schon wieder anmachen – den habe ich aber abblitzen lassen...« oder er behauptet »Ich glaube, das Mädchen im Café hat sich in mich verguckt...«, beides sind gezielt eingesetzte Unwahrheiten; aber im Grunde positive Lügen. Voraussetzung allerdings ist, daß sie echt und überzeugend sein müssen, um die gewünschte Wirkung zu erreichen.

Eine weitere Kategorie sind die Schwindeleien, mit denen man dem Partner eine Freude machen will: »Ich liebe dich wie am ersten Tag«, »Die Geheimratsecken machen dich erst interessant«, »Du bist ein Mann, dem ein Bauch steht.« Natürlich kann der andere auch quasi darum bitten, belogen zu werden, wenn seine Fragen nach Komplimenten verlangen: »Sag mal ganz ehrlich, findest du mich eigentlich noch attraktiv?« oder »Findest du nicht auch, daß ich dringend abnehmen müßte?«

Und dann sind da noch die **Lügen für die Liebe**. Gemeint sind damit die Unwahrheiten, mit denen man die Liebe erhalten oder retten will. Oft versprechen wir uns am Anfang einer Beziehung, daß wir einander stets die volle Wahrheit sagen wollen. Man schenkt dem anderen Vertrauen und absolute Offenheit und erwartet es auch umgekehrt. Wenn man jedoch mit seiner bedin-

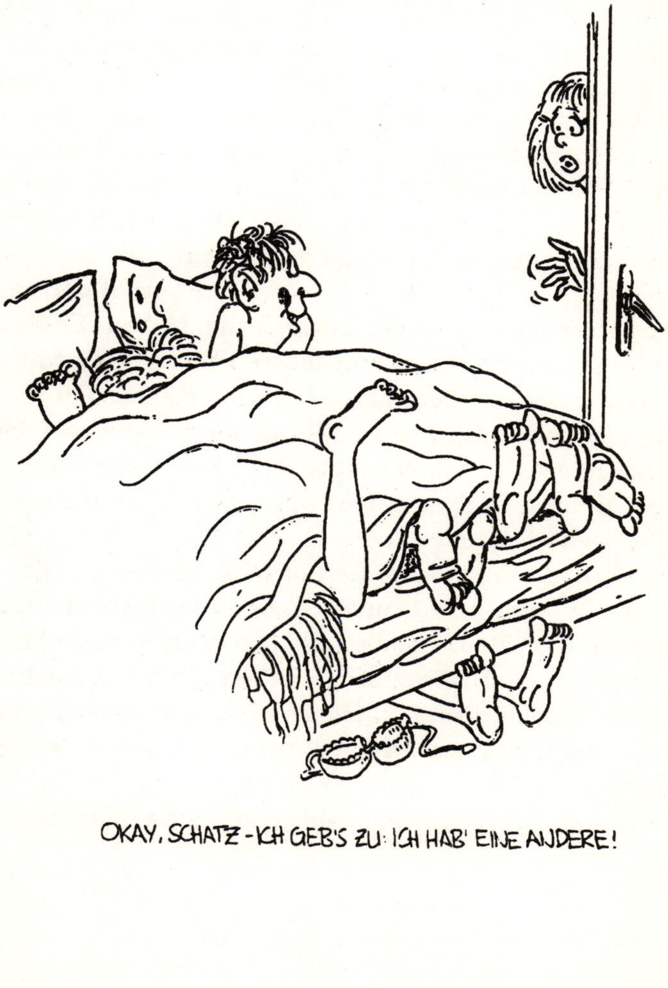

OKAY, SCHATZ - ICH GEB'S ZU: ICH HAB' EINE ANDERE!

gungslosen Ehrlichkeit den Partner verletzen würde, ist die Lüge der liebevollere Weg. Beispiel: Ungewollt hat sich aus einem heißen Flirt ein Seitensprung ergeben. Ein Ausrutscher, der nicht rückgängig zu machen ist. Man bereut dies und weiß, daß es nichts mit der Beziehung zu tun hat. Vergrößere ich das Problem nicht, wenn ich den Partner jetzt einbeziehe und mit der Sache belaste? Ist dadurch der Schaden für das Vertrauen zwischen beiden nicht größer, als es der eigentliche Vorfall wert ist?

SIE SEHEN FANTASTISCH AUS, FRÄULEIN TRUDE!

Natürlich gibt es auch die **Lügen beim Lieben**. Entweder als Kompliment, um die Erwartungen des anderen zu erfüllen oder als taktische Maßnahmen, um sich an das Rollenspiel zu halten. Gleichgültig, ob es die Standard-Klischees sind wie vorgetäuschte Migräne oder seine Behauptung, Sex ohne Liebe wäre für ihn nicht vorstellbar, in diesem Bereich wimmelt es von Unwahrheiten; positiven wie negativen.

Nicht weniger häufig sind die **Lügen vor der Liebe**. Das ist das Baggern und Balzen, das Brunftgehabe, mit dem wir um die Gunst des anderen werben. Entweder wollen wir den Wunschpartner mit schmeichelhaften Unwahrheiten umgarnen oder täuschen mit unserer Schokoladenseite. Liebesbriefe, mit denen man in einer solchen Situation den anderen gewinnen will, fügen sich hier ein. Nüchtern betrachtet, sind Liebesbriefe oft gespickt mit kleinen Schwindeleien. Damit sind die üblichen poetischen Übertreibungen und Vergleiche gemeint. Gehässig könnte man sogar behaupten, daß man mit Liebesbriefen nicht nur den Partner, sondern auch sich selbst belügt. Schließlich weiß man ja aus eigener Erfahrung, daß der Zustand der ersten Verliebtheit nicht von Dauer ist. Auch wenn es klar ist, daß die rosarote Wolke sich irgendwann auflöst, verdrängt man diese Wahrheit und gibt sich bewußt seinen romantischen Gefühlen hin.

3.4 Feiertag der Lügner

Der erste April ist der offizielle Lügentag. Zu diesem Datum darf jeder jeden ohne schlechtes Gewissen belügen, seit Jahrhunderten ein nationaler Breitensport. Wem wir die Scherze zu verdanken haben, ist unklar. Unter den Kandidaten: Germanengott Thor und Franzosenkönig Karl IX. Thor, dem Macho unter den Germanengöttern, wird nachgesagt, daß er an diesem Tag in die Kleider der Liebesgöttin Freya schlüpfte, um den Winterriesen Thrym zu narren. Höher gehandelt wird eine andere Theorie. Sie besagt, daß König Karl IX. 1564 in seinem Land den Gregorianischen Kalender einführte, nach dem der Jahresbeginn vom 1. April auf den 1. Januar rutschte. Viele Franzosen ignorierten die neue Zeitrechnung und luden am 1. April zu »Neujahrsfestessen« ein, die gar nicht stattfanden. Wer mit Heißhunger erschien, wurde mit »April, April« abgespeist. Inzwischen ist der Lügenbrauch auch international verbreitet, in Deutschland, Ungarn, Dänemark, Frankreich und England.

Für jeden Laienlügner ist der 1. April der lang ersehnte Trainingstag. Endlich kann man 24 Stunden lang das Schwindeln am Objekt proben und ohne Gefahr andere an der Nase herumführen. Und dies unter erschwerten Bedingungen, da jedermann weiß, womit er am Ersten des Monats zu rechnen hat. Der Vorwurf des Vertrauensbruchs ist an diesem Freudentag tabu. Wahre Lügenkünstler jedoch werden an diesem Tag aussetzen und tunlichst niemanden in den April schicken. Denn wer sich am ersten April einen Namen als besonders unwiderstehlicher Lügner macht,

ÄTSCH! ICH BIN GAR KEIN PRINZ!

läuft Gefahr, sein aus guten Gründen geheimgehaltenes Talent preiszugeben.

Die Formel heißt »April, April«. Vom Fernsehen bis zum Lokalanzeiger, alle Medien beteiligen sich an diesem beliebten Gesellschaftsspiel. Sogar in Tagesschau und hochseriösen Zeitungen werden »Enten« produziert, die pünktlich am 2. April als humorvolle Falschmeldung enttarnt werden. Auch wenn dieser Tag nichts Neues ist und eigentlich jeder den Brauch kennt, gibt es immer wieder reichlich Opfer, die sich leimen lassen:

Münchens Generalintendant August Everding und TV Talkmaster »Blacky« Fuchsberger fanden sich als Ehrengäste zur Eröffnung einer »Isartalseilbahn« in München Grünwald ein. Die Gondel stand tatsächlich girlandengeschmückt am Abhang. Hunderte von Zuschauern waren zu der angekündigten Jungfernfahrt erschienen, mußten jedoch feststellen, daß es sich um einen Aprilscherz handelte. Der Gondel fehlte das Drahtseil, an dem die Kabine zum anderen Isarufer hätte schweben können. Ermöglicht hatte dies Wirt Florian Voigt. Die tonnenschwere Gondel war mit einem Autokrahn in den Wirtshausgarten gehievt worden. Das eigens angefertigte große Schild mit dem S-Bahn-Emblem sorgte für den offiziellen Anstrich. Sogar Ex-Wies'nwirt Richard Süßmeier hatte einen Blumenstrauß für den ersten Fahrgast mitgebracht.

In der »Süddeutschen Zeitung« rief der World Wildlife Fund (WWF) zu einer großangelegten Spendenaktion auf. Hintergrund war die Mitteilung, daß es tatsächlich im Alpenland noch einen letzten Braunbären gebe, der seit etwa 15 Jahren ein Eremiten-Dasein in den österreichischen Wäldern führe. Der WWF beabsichtige zur Erhaltung der österreichischen Bären diesem Einzelgänger eine Partnerin zu vermitteln. Österreichs Tierfreunde sollten für die Aktion spenden, um Vorsorge gegen allzu große Schäden für Viehhalter und Imker zu treffen. – Tatsächlich meldeten sich spontan Geldgeber bei der Redaktion...

Volker Benke, Sprecher des Niedersächsischen Innenministeriums, präsentierte im »Polizei-Extrablatt« seiner Behörde Fotos eines »Polizei-Seehundes«, der in der verschmutzten Nordsee Jagd auf Umweltsünder machen solle – Dienstbezeichnung: »SH 001«.

»Die Welt« verulkte ihre Leser mit Nachrichten über den Fund eines Saurierschädels bei der Burgruine Drachenfels in der Nähe von Bonn. Die Falschmeldung war perfekt getarnt und mit einem großformatigen Foto untermauert: »Nachdem Wissenschaftler der Universität Colorado in den USA ein Dinosaurier-Ei entdeckt haben, ist auch in der Bundesrepublik ein außergewöhnlicher Fund gemacht worden. Ein bei Königswinter durch einen überraschenden Erdrutsch zutage getretener Riesenschädel stammt nach Angaben von Wissenschaftlern mit ziemlicher Sicherheit von einem Drachen. Wie aus dem der WELT vorliegenden Papier hervorgeht, ist der vor wenigen Tagen von einem Rentnerehepaar entdeckte und fotografierte Drachenkopf bisher noch nicht zur Analyse fortgeschafft worden. Er liegt in einem mittlerweile abgezäunten, schwer zugänglichen Waldstück. In den nächsten Tagen soll eine Schneise in den Wald geschlagen werden, damit der Riesenschädel abtransportiert werden kann.« – Zahlreiche Wanderer machten sich vergeblich auf den Weg, um das Prachtexemplar persönlich zu bewundern...

Unter dem Titel »Hundehäuferl – bald kein Problem mehr« erschien in der »Süddeutschen Zeitung« der folgende Artikel: »Dem Münchner Umweltschutzreferat ist es in Zusammenarbeit mit dem Tierschutzverein gelungen, dem Hundekot in der Stadt eine empfindliche Schlappe zuzufügen. Durch ein Hundefutter, das zu 95 Prozent vom Körper absorbiert wird, so daß die Tiere eine kaum ins Gewicht fallende Menge wieder ausscheiden. Das Futter in Form kleiner Kügelchen wurde in der Versuchsabteilung der Huntsville University im Staat New York entwickelt und bisher nur in den USA erfolgreich erprobt (...) Am Sonntag können nun, soweit der Vorrat reicht, die Münchner Hundebesitzer das neuartige Futter testen. Von 11 Uhr an werden auf der Zirkuswiese an der Barerstraße pro mitgebrachtem Hund kostenlos zwei Rationen ausgegeben (...)« – Die Underdog-Pillen gab es zwar nicht, dafür aber Smarties, Infomaterial und umweltfreundliche Tragetaschen vom Umweltschutzreferat.

Mit Foto von Bernhard Langer veröffentlichte das »Flensburger Tageblatt« den folgenden Artikel: »Das ist wohl die verrückteste Staffel der Welt: Ein Golfball soll von Flensburg nach Garmisch-Partenkirchen fliegen. 3333 Golfer stehen heute wie an einer Perlenkette aufgereiht in der gesamten Bundesrepublik bereit. Rund 300 Meter weit muß jeder einzelne die kleine weiße Hartgummikugel schlagen, um den nächsten Abschlagpunkt zu erreichen, wo ein Kollege bereits wartet. Geboren wurde diese sensationelle Idee von Mitgliedern des Förde-Golfclubs Glücksburg mit dem Ziel, in das Guinessbuch der Rekorde zu gelangen. Monate intensiver Vorbereitung waren nötig, um dieses Vorhaben mit Unterstützung des Deutschen Golfverbandes und zahlreicher Sponsoren zu verwirklichen (...). Von den Clubs vor Ort wurden die topographischen Gegebenheiten erkundet und nach Flensburg weitergeleitet. Dort gab man die Daten in den Großrechner des Kraftfahrbundesamtes ein, der unbürokratisch zur Verfügung gestellt wurde. Der Computer spuckte schließlich die beste Streckenführung und die genauen Abschlagpunkte aus. An einigen dieser Punkte werden auch prominente Golfer stehen. Den schwierigen Schlag über die Elbe bei Wedel wird Jungprofi Oliver Eckstein ausführen. An der Donau in der Nähe von Regensburg steht Deutschlands prominentester Golfer, Bernhard Langer bereit, der nach schweren Monaten auf ein Erfolgserlebnis hofft. 'Hauptsache, ich muß nicht putten', sagt Langer, der seit einiger Zeit vom 'Yps' (rätselhaftes Zittern beim Einlochen) befallen ist. Dennoch ist er überzeugt, daß er die Aufgabe meistern wird (...).«

IV.
LÜGE TOTAL

4.1 Tierische Lügen

Moralapostel und Wahrheitsfanatiker argumentieren häufig mit der Unnatürlichkeit der Lüge, da sie in der Natur angeblich nicht vorkomme. Messerscharf wird daraus der Schluß gezogen, Lügen seien also auch wider die Natur des Menschen und deshalb zu verurteilen. Daß dies ausgemachter Schwachsinn ist, war in der GEO-Reihe »Wissen« im November 1989 nachzulesen. Eine Vielzahl an Beispielen dokumentiert, daß bei einigen Insekten, Fischen und Säugetieren die Lüge ein ganz natürliches Phänomen ist.

Im wahrsten Sinne des Wortes führen manche Glühwürmchen einander hinter das Licht. Durchschnittlich sieben Tage lang blinkt ein männliches Glühwürmchen wie ein Leuchtturm, um

PST! DA DRÜBEN STEHT GRZIMEK...

endlich ein liebesbereites Weibchen ins Gebüsch zu locken. Durchschnittlich jeder fünfte Blinkkontakt führt jedoch nicht zum ersehnten Begattungsakt, sondern zum Tod. In diesen Fällen kommt nämlich nicht wie erwartet eine funkelnde Braut. Statt dessen erscheint das räuberische Weibchen einer anderen Glühwürmchen-Gattung. Dies funktioniert nur, weil sie die Leuchtzeichen der Braut perfekt nachmachen kann. Das Ergebnis dieser Täuschung: Das Männchen wird verspeist.

Aber Glühwürmchen-Männchen sind nicht unbedingt besser. So beschummeln sie ihre Geschlechtsgenossen manchmal mit einem Transvestiten-Trick. Dann beantworten sie das Suchblinken anderer Männchen mit dem Weibchen-Signal, um ihre Sexrivalen in die Irre zu führen.

Ein weiteres Beispiel innerartlicher Täuschung ist das Pseudo-Weibchen-Verhalten beim zahnstacheligen Stichling. Diese Lüge basiert auf der Fähigkeit, daß Stichlingsmännchen ihr leuchtendes Gewand in das unauffällige Weibchenkleid verwandeln können. Eine Eigenschaft, die eigentlich nur für Gefahrenmomente gedacht ist, nicht aber zum Belügen von Artgenossen. – Die buntgefärbten Stichlingsmännchen vollführen einen Zickzack-Tanz, um die blasseren Weibchen in eine Laichröhre zu locken. Dort legt das Weibchen die Eier ab, der männliche Freier schwimmt über das Gelege, befruchtet es und fertig. Während des Laichens erscheint nun manchmal ein weiteres Weibchen auf der Szene und macht das Männchen aufmerksam. Ein typisch männliches Verhalten stellt sich ein: Den weiblichen Reizen folgend, lädt er die neue Willige zu sich ins heimatliche Nest ein. Diese will aber alles andere als Eier legen: Es handelt sich in Wahrheit um ein getarntes Männchen, das selbst das erste Gelege befruchten möchte. – Unter Stichlingen eine beliebte Form, den anderen anzuschmieren und ihm Hörner aufzusetzen.

Ein jugendlicher Pavian beobachtet, wie ein erwachsenes Weibchen schmackhafte Knollen ausgräbt, schaut sich prüfend um und entdeckt keine weiteren Artgenossen in der Nähe. Dann beginnt er laut zu schreien – was Paviane normalerweise nur tun, wenn sie bedroht oder angegriffen werden. Durch den Hilferuf ausgelöst, kommt seine Mutter wie ein geölter Blitz angejagt, hält das andere

Weibchen für die Gefahrenquelle und verjagt diese mit entsprechendem Spektakel. Währenddessen schnappt sich der junge Pavian die Knollen und verspeist genußvoll die Leckerbissen.

Ein anderer halbstarker Pavian beherrschte einen anderen Bluff: Weil er einen kleineren Affen zu rauh behandelte, wurde er von dessen Clan attackiert. Der Pavian nahm nicht etwa Reißaus, sondern stellte sich auf die Hinterbeine und blickte in die Ferne. Genau das tun Paviane, wenn sie Raubfeinde wie beispielsweise Löwen entdecken. Die Angreifer starrten nun ebenfalls in diese Richtung und vergaßen darüber völlig die Bestrafung des rüpeligen Pavians. – Eine taktische Täuschung, die exakt dem Verhaltensmuster der menschlichen Notlüge entspricht.

Sogar für die angewandte Lüge zur Tarnung des Fremdgehens gibt es Beispiele im Tierreich. So machte der Schweizer Verhaltensforscher Hans Kummer eine brisante Entdeckung bei äthiopischen Mantelpavianen, die üblicherweise in Vielweiberei leben: Wie es sich für einen anständigen Pascha gehört, wachte ein männlicher Pavian streng über seinen Harem und achtete gebieterisch darauf, daß seine Weibchen ja keinen Kontakt mit anderen Männchen haben. Eines seiner Affenmädchen schaffte es in geduldige Kleinarbeit, sich von ihrem Meister zu entfernen und hinter einen halbhohen Felsen zu rücken. Der Haremshalter konnte zwar noch ihren Oberkörper sehen, nicht mehr aber ihre Hände, die von dem Felsbrocken verdeckt waren. Der Pascha erblickte aber nur die halbe Wahrheit oberhalb der Gürtellinie. Hinter dem Felsen versteckte sich nämlich ein weiteres Pavian-Männchen und ließ sich genußvoll von dem Weibchen mit den Händen verwöhnen.

Die Lügenbarone des Tierreichs sind die Menschenaffen, zu denen die Schimpansen gehören. Sie verstehen sich sogar auf die Kunst des »passiven« Lügens, also dem Weglassen von Informationen. So sind aggressiv gestimmte Schimpansen beispielsweise in der Lage, ihre Emotionen kurzzeitig völlig zu unterdrücken. Ohne für Menschen oder Artgenossen erkennbare Zeichen von Erregung nähern sie sich ihrem ahnungslosen Opfer und greifen ganz plötzlich an.

Die britische Schimpansen-Forscherin Jane Goodall war Zeugin eines bewußten Täuschungsmanövers unter Artgenossen: Ein Männchen wollte Bananen aus einer Kiste holen, als ein anderer Schimpansen-Mann auf der Bildfläche erschien. Das Männchen machte die Kiste sofort wieder zu und versuchte den anderen abzulenken, indem er ein Stück weiter lief, Löcher in die Luft starrte und auf Desinteresse mimte. Der andere Affe nun konterte mit einem Täuschungsmanöver seinerseits und tat so, als ginge er wieder. In Wirklichkeit versteckte er sich aber hinter einem Baum, um den Bananenbesitzer zu beobachten. Als dieser die Kiste wieder öffnete, war der andere Schimpanse blitzartig zur Stelle, schlug ihn in die Flucht und fraß alle Bananen auf.

Fest steht jedenfalls, daß die Lüge keine exklusive Domäne des Menschen ist. Es scheint vielmehr, als habe vor Adam bereits ein Affe den Apfel vom Baum der Erkenntnis gefressen und dabei Lüge, List und Täuschung entdeckt. Wenn wir Menschen also schon nicht die Erfinder der Lüge sind, sollten wir unseren Sprachvorteil wenigstens dazu nutzen, besonders elegant und stilvoll zu lügen.

4.2 Second hand – Zur Argumentation der Lüge

Zahlen, Daten und Zitate gehören zum Handwerkszeug eines jeden Lügenkünstlers. Denn richtig eingesetzt, haben sie eine entwaffnende Wirkung und setzen den Gesprächspartner lahm. Wird ein statistisches Ergebnis in die Lügengeschichte eingebaut, so kann dies ein Rettungsanker sein und die Glaubwürdigkeit der Präsentation unterstreichen. Natürlich kann auch die Statistik selbst geschwindelt sein. Was will der andere schließlich schon erwidern, wenn man erklärt: »Laut dem Statistischen Bundesamt erhalten 68,3 Prozent der 15jährigen Jungen ein Mofa..., bekommen 73,2 Prozent der 18jährigen ihren Führerschein von den Eltern bezahlt..., dürfen 87,3 Prozent der 14-16jährigen abends bis 22 Uhr wegbleiben...« Ob als Angriffswaffe oder zur Verteidigung, Prozentzahlen wirken fast immer und einschlägige Institute oder Untersuchungen erhöhen die »Echtheit« der Argumentation.

Mit Zitaten berühmter Persönlichkeiten und fachlicher Autoritäten verhält es sich ähnlich. Eine historische Größe als moralischen Fürsprecher anzuführen, kann hilfreich sein, um das eigene Handeln zu erklären. Und als angenehmen Nebeneffekt dokumentiert man gleichzeitig Kompetenz und Bildung. Wird man beim Schwindeln erwischt und auf die Unmoral seines Verhaltens angesprochen, kann man mit dem einen oder anderen der folgenden Zitate kontern. Eine Argumentationshilfe für das Nachspiel:

»Von Interesse ist hier nicht die Kategorie der Moral, sondern die des Überlebens. Auf allen Ebenen, von der groben Tarnung bis zur Vision des Dichters, ist die Kraft der Sprache, zu verheimlichen, irrezuführen, im Zwielicht zu lassen, Hypothesen aufzustellen, zu erfinden, für das Gleichgewicht des Bewußtseins und die gesellschaftliche Entwicklung des Menschen unerläßlich.«
(Georg Steiner)

»...So lüg ich denn, laß mich vom Trug umstricken,
Denn Lug und Trug sind's ja, die uns beglücken.«
(Shakespeare)

»Vertrauen wird dadurch mißbraucht, daß es in Anspruch genommen wird.«
(Bertolt Brecht)

»Die Welt will getäuscht sein, also werde sie getäuscht.«
(Papst Paul IV.)

»Weiß nicht jeder, daß, wenn man aus dem menschlichen Herzen Eitelkeit, Hoffart, Überschätzung, Einbildung und dergleichen herausrisse, bei vielen eine armselige, verschrumpfte Seele übrigbliebe, voll von Trübsal und Mißmut, sich selbst zum Verdruß?«
(Bacon)

»Ebenso wie die Freiheit ist die Wahrheit ein bloßes Minimum oder ein trügerisches Ideal.«
(J.L. Austin)

»...es gibt nur *eine* Welt, und diese ist falsch, grausam, widersprüchlich, verführerisch, ohne Sinn... *Wir haben Lügen nötig,* um über diese Realität, diese 'Wahrheit' zum Sieg zu kommen, das heißt, *um zu leben...* Daß die Lüge nötig ist, um zu leben, das gehört selbst noch mit zu dem Charakter des Daseins.«
(Friedrich Nietzsche)

»Angenommen, die Menschen glaubten, es gäbe keine Verpflichtung zur Wahrhaftigkeit, und würden entsprechend handeln, das heißt zum einen ihre ehrliche Meinung aussprechen, doch ebensooft auch das Gegenteil davon sagen. Würde damit nicht das ganze Vergnügen der Konversation und auch das Vertrauen in jede Erzählung zerstört werden? Die Menschen würden nur noch geschäftlich reden und auch hierbei bald jedes gegenseitige Vertrauen verlieren.«
(Francis Hutcheson)

»Ein großer Mensch... was ist das? ... Er lügt lieber, als daß er die Wahrheit redet; es kostet mehr *Geist* und *Willen.* Es ist eine Einsamkeit in ihm, unerreichbar für Lob und Tadel, eine eigene Gerichtsbarkeit, welche keine Instanz über sich hat.«
(Friedrich Nietzsche)

»Nach dem Prinzip der Nützlichkeit kann die Unwahrheit – für sich genommen und ohne daß andere materielle Umstände hinzukommen – überhaupt kein moralisches Vergehen darstellen.«
(Jeremy Bentham)

»Im Deutschen lügt man, wenn man höflich ist.«
(Goethe)

»Lüge ist eine zuweilen notwendige terminologische Ungenauigkeit.«
(Winston Churchill)

»Oft habe ich aus Scham gelogen, um mich in den gleichgültigen Dingen oder in solchen, die mich höchstens selber angingen, aus der Verlegenheit zu ziehen, wenn ich ein Gespräch führen sollte und mich der langsame Gang meiner Ideen und die Trok-

kenheit meiner Unterhaltung zwangen, meine Zuflucht zu Erdichtungen zu nehmen, um überhaupt etwas sagen zu können.«
(Jean-Jacques Rousseau)

»Wenn sich bei uns Lügen einschleichen, dann sollte man nicht versuchen, sie zu rechtfertigen, sondern sie zu verzeihen.«
(Augustinus)

»Lüge ist ein wirkungsvolles Double, das die Wahrheit in gefährlichen Situationen vertreten darf.«
(Wieslaw Brudzinski)

»Es ist der Zyniker, der unter dem Anspruch, überall und jederzeit und jedem Menschen in gleicher Weise 'die Wahrheit zu sagen', nur ein totes Götzenbild der Wahrheit zur Schau stellt. Indem er sich den Nimbus des Wahrheitsfanatikers gibt, der auf menschliche Schwachheiten keine Rücksicht nehmen kann, zerstört er die lebendige Wahrheit zwischen den Menschen. Er verletzt die Scham, entheiligt das Geheimnis, verrät die Gemeinschaft, in der er lebt...«
(Dietrich Bonhoeffer)

»Die Sprache ist dem Menschen gegeben, um seine Gedanken zu verbergen.«
(Charles-Maurice de Talleyrand)

»Was were es, ob einer schon umb bessers un der christlichen kirche willen eine gudte stargke lugen thet!
(Martin Luther)

»Ich sehe nicht, warum wir nicht rundheraus sagen sollten, daß eine der Funktionen des Anwalts darin besteht, für seinen Klienten zu lügen...«
(Charles Curtis)

»Lüge ist die Poesie, die nicht aus der Mode kommt.«
(Paul Martin Mller)

»Die Geschichte der Menschheit ist ein Ozean von Irrtümern, in dem unentdeckt einige wenige Wahrheiten herumtreiben.«
(C. de Beccaria)

4.3 Lügen über den Lügendetektor

Eine weit verbreitete Meinung ist, daß es ein Gerät gibt, mit dem man einen Lügner eindeutig entlarven kann. Ein Gerät, das mit wissenschaftlicher Zuverlässigkeit arbeitet und ein objektives Meßinstrument darstellt, um die Frage zu beantworten: »Wird hier die Wahrheit oder Unwahrheit gesprochen?« Obwohl die meisten den Lügendetektor nur aus Kriegs-, Spionage- und Kriminalfilmen kennen, ist er keine Erfindung der Unterhaltungsbranche. In Fachliteratur und Presse gibt es Hunderte von Beispielen, wo der Lügendetektor eine Person überführt haben soll. In Deutschland ist dieses »wahrheitsliebende Meßinstrument« kein Thema mehr, da sein Einsatz starken rechtlichen Beschränkungen ausgesetzt ist. In Amerika glaubt man dagegen immer noch an dieses Wunderwerk der Technik und verwendet es mit erschreckender Häufigkeit. So schätzte der Kongreß der Vereinigten Staaten den Einsatz des Lügendetektors in den USA auf eine Million Tests pro Jahr. In

DER LÜGENDETEKTOR MUSS LÜGEN, SCHATZ!

300.000 Fällen davon wurde er von privaten Firmen benutzt, um damit unter anderem ausgewählte Stellenbewerber zu testen oder Kandidaten für eine Beförderung zu überprüfen.

Was also hat es mit diesem Gerät auf sich? Nach dem Duden-Fremdwörterbuch ist ein Lügendetektor »ein Registriergerät zur Feststellung unterdrückter affektiver Regungen (fälschlich: die Wahrheit von Aussagen feststellender Apparat).« Wenn schon der Duden darauf hinweist, daß ein Lügendetektor nicht feststellen kann, ob jemand lügt, müssen wieder die Wissenschaftler befragt werden. Und die verwenden den Begriff schon nicht mehr, sie nennen ihn Polygraph. Was für die Täuschungshinweise im Bereich der Stimme, Gestik, Mimik und der Aktivitäten des autonomen Nervensystems gilt, trifft auch auf den Polygraphen zu: Er mißt die physiologischen Veränderungen, die durch emotionale Erregung einer Person entstehen. Sensoren, an verschiedenen Stellen des Körpers befestigt, registrieren Herzfrequenz, Blutdruck, Hautleitfähigkeit, Hauttemperatur. Also Veränderungen, die durch das autonome Nervensystem (ANS) erzeugt und daher nicht bewußt gesteuert werden können. Bei stark verdächtigen Personen werden zusätzlich noch Luftschläuche um Brust und Bauch gelegt, um Atemtiefe und -frequenz zu messen. Durch Metallelektroden an den Fingern wird sogar die Schweißabsonderung registriert.

Nun hat der Polygraph eine entscheidende Schwäche. Er funktioniert meist nur dann, wenn die Testperson tatsächlich daran glaubt, daß Lügen damit offengelegt werden. Da die Überzeugung des Befragten von der Fähigkeit des Gerätes erfolgsentscheidend ist, werden vorab einige Stimulationsübungen durchgeführt, um den Betroffenen zu überzeugen. Beliebt sind dabei Spielkarten, bei denen der Polygraph anhand der Körperreaktionen nachweist, welche Karte die Testperson ausgewählt hatte. Da dies aber nur bei Personen gelingt, die extrem sensibel sind und sich leicht einschüchtern lassen, bedienen sich die Anwender gerne selbst der Lüge. Um auf Nummer Sicher zu gehen, werden die Karten kurzerhand gezinkt.

Soll nun ein Lügner überführt werden, so muß der Fragende relevante und belanglose Fragen an die Person richten. Schlagen die Zeichnernadeln bei relevanten Fragen stärker aus als bei den belanglosen, so glaubt man, einen Lügner entlarvt zu haben.

Etwas boshaft könnte man nun behaupten, daß der Polygraph eigentlich nicht mehr bewiesen habe, als daß die relevante Frage eine solche ist. Natürlich ist die Frage, ob man der RAF angehöre an sich schon relevanter als die, welche Tütensuppe man gestern abend zubereitet habe. Oder anders ausgedrückt: Wenn Sie sich darüber, daß heute Dienstag ist, mehr aufregen können als darüber, daß Sie verdächtigt werden, 1,5 Millionen Mark unterschlagen zu haben, müssen Sie unschuldig sein, egal wie Sie das veruntreute Geld angelegt haben.

Von den eine Million Tests, die jährlich in den USA durchgeführt werden, entfällt die höchste Quote auf Privatunternehmen. Erst an zweiter Stelle stehen Justizministerium, FBI und Polizeibehörden. Am dritthäufigsten verwendet die Bundesregierung den Polygraphen, wobei diverse Regierungsstellen insgesamt knapp 23.000 Tests pro Jahr angaben. Darin noch nicht mal enthalten ist die CIA, die sich zu diesem Thema geflissentlich in Schweigen hüllte. Zumindest in der amerikanischen Justiz nimmt die blinde Gutgläubigkeit an den Polygraphen langsam ab. So werden in einigen Bundesstaaten die Ergebnisse vor Gericht gar nicht mehr zugelassen, und in 22 Staaten ist dazu die Genehmigung von Anklage und Verteidigung nötig. Hier gilt die Absprache mit dem »Deal«. Das heißt, der Angeklagte wird freigelassen, wenn der Polygraph anzeigt, daß er die Wahrheit gesprochen hat.

Eindeutig bewiesen ist, daß der Polygraph keine Sicherheit für die Wahrheitsfindung geben kann. So beschreibt der Psychologe David Lykken 1984 in einem Fachartikel den Fall des Amerikaners Fay, der wegen diverser Indizien des Raubmordes beschuldigt wurde. Die Anklage bot ihm Freispruch an, sofern er einen Polygraphentest bestehe. Andererseits war die Bedingung, daß er auch ein negatives Ergebnis anerkennen müsse. Fay akzeptierte das Abkommen, rasselte beim ersten ebenso wie beim zweiten Wiederholungstest durch, bei dem sogar ein anderer Prüfer eingesetzt worden war. Auf dieser Grundlage wurde Fay dann wegen schweren Mordes zu lebenslanger Haft verurteilt. Ein klassischer Justizirrtum. Denn zwei Jahre später faßte man die wirklichen Mörder, die mit ihrem Geständnis Fay entlasteten.

Gleichgültig bei wem und unter welchen Umständen der Polygraph eingesetzt wird, die Ergebnisse sind nicht aussagefähig. Und wer behauptet, mit dem Gerät ließen sich Lügen identifizieren, spricht die Unwahrheit und will Ihnen einen Bären aufbinden.

4.4 Hochstapler, die Meisterlügner

Sie sind die Berufsspezialisten der Lügnergilde. Nüchtern beschreibt das dtv-Lexikon den Job des Hochstaplers als: »Gauner und Schwindler, die sich meist unter hochklingenden Namen, falschen Titeln oder Adelsprädikaten Zutritt zu bestimmten Gesellschaftskreisen verschaffen, um diverse Betrügereien durchzuführen.« Eine vereinfachte Form der Darstellung, die der Kunstfertigkeit dieses Berufsstandes kaum gerecht wird.

Hierbei kann es sich durchaus um sympathische Zeitgenossen handeln. Sie sind gute Gesellschafter und Menschen, die oft nur von den Umständen zu dem gemacht werden, was sie sind. Denn es gäbe keine Schwindler, wären im Publikum nicht Personen, die belogen und betrogen werden wollen und sich so bereitwillig als

Opfer anbieten. Zum Schwindeln gehören immer zwei.

So betrachtet, erfüllt der Hochstapler sogar eine wichtige Funktion, nämlich die der praktischen Gesellschaftskritik. Er entlarvt die Schwächen, Eitelkeiten und Laster seiner Mitmenschen und nutzt sie als Grundlage für seine ausgefeilten Lügenpläne. Er trägt keinen Revolver bei sich, sondern höchstens ein paar irreführende Visitenkarten. Seine eigentlichen Waffen sind Perfektion, Selbstbeherrschung, Menschenkenntnis und viel Phantasie. Er ist ein besonderer Lügenkünstler und amüsiert sich darüber, wie ungern seine Opfer später zugeben, daß sie an der Nase herumgeführt wurden.

Ein Könner auf diesem Fachgebiet war Beppo Balsamo alias **Graf Allessandro Cagliostro**, der 1743 in Palermo als Sohn eines armen Händlers geboren wurde. Dank seiner unerschöpflichen Energie und außergewöhnlichen Intelligenz wurde dieser arme Gassenjunge später als »Graf Cagliostro« berühmt. Der Historiker Thomas Carlyle charakterisierte ihn höchst zutreffend: »Der Charlatan aller Charlatane, der vollendete Halunke in der Geschichte der Neuzeit. Ein Lügner ersten Grades, versiert in allen Sparten der Verlogenheit – man könnte ihn König der Lügner nennen.«

Schon früh erkannte er bei seinen Mitmenschen das Verlangen, der Phantasie eher zu glauben als der Realität. Kurz, ihre Bereitschaft, belogen zu werden und dafür auch noch zu zahlen. Deshalb entschloß er sich, den Beruf des Hellsehers zu ergreifen. Da er aber nach weit Höherem strebte, legte er sich auch einen entsprechenden Titel zu. So erfand er die eindrucksvolle Lebensgeschichte des Grafen Cagliostro, die vor Lüge nur so strotzte. Angeblich sei er auf Malta als Sohn eines hohen Edelmannes geboren. Schon früh verwaist, wurde er nach seinen Angaben von dem Mufti Salahaym, dem Haupt des Mohammedanischen Glaubens, in dessen Palast wie ein Prinz erzogen.

So begann das große Spiel des Grafen Cagliostro. Der grandiose Gedanke, der ihm Weltruhm einbringen sollte, war dabei die Erfindung der »Ägyptischen Freimaurerei«. Diese phantasievolle Mischung aus Okkultismus, Aberglauben und Hokuspokus legte Cagliostro im Ordensbuch seiner neuen Bewegung fest. Mittels perfekter Schauspielerei und Überzeugungskraft gelang es ihm, unzählige Mitglieder aus allen Gesellschaftsschichten zu gewinnen. Es ist unnötig zu betonen, daß die Aufnahmegebühren recht beträchtlich waren.

Seine Lügenkunst war so erfolgreich, daß er tatsächlich eine Kette von ägyptischen Logen in ganz Europa zurückließ, alle ihm höchst persönlich untertan und natürlich tributpflichtig. Überall wurde er mit Geschenken überhäuft und sein Ruf eilte ihm voraus, wohin er auch kam. Zu seinen Opfern zählten beispielsweise der große Potemkim am Hof der Zarin Katharina ebenso wie der berühmte Kardinal de Rohan.

Am 27. 12. 1789 fand diese Hochstaplerkarriere ihr Ende. Die wahre Identität des Grafen Cagliostro wurde entdeckt, das »Ordensbuch« der ägyptischen Freimaurerei verdammt und als ketzerische Schrift öffentlich verbrannt. Die Regierung des Vatikans betrachtete den Fall sogar als so wichtig, daß ein Mitglied der Inquisition mit der Abfassung des Lebenslaufes des Giuseppe Balsamo alias Graf Cagliostro beauftragt wurde. So ging er sogar mit Hilfe des Vatikans als Meisterlügner in die Geschichte ein.

Daß Frauen genauso talentiert sind wie Männer, beweist der Fall von **Sarah Wilson**. Auch sie nutzte die klassische Methode der »feudalen« Hochstapelei und profitierte von dem Snobismus und der Eitelkeit ihrer willigen Opfer. Aus ärmlichen Verhältnissen stammend, gelang es ihr zur Zeit Georgs III. eine Stellung am englischen Hofe zu erhalten. Dort erhielt sie Einblick in das königliche Zeremoniell, den Klatsch und Tratsch sowie umfangreiche Kenntnisse über interne Angelegenheiten der Königsfamilie. Dieses Wissen war die Basis für ihren späteren Erfolg.

Da sie dem Reichtum, der sie umgab, nicht widerstehen konnte, stahl sie aus den Gemächern der Königin einige wertvolle Gegenstände: ein Halsband, eine Brosche, Ohrringe, einen Anhänger mit einem Miniaturportrait der Königin sowie eines ihrer vielen Kleider. Der Diebstahl wurde entdeckt, Sarah Wilson als Täterin entlarvt und zur Sklaverei in den englischen Kolonien von Nordamerika verurteilt.

Die entwendeten Gegenstände aber hatte Sarah gut versteckt und nahm sie mit auf ihre unfreiwillige Reise nach Amerika. Nachdem sie dort ihrem neuen Herrn entflohen war, begann sie mit eben diesen gestohlenen Requisiten eine neue Rolle zu spielen. Sie gab sich aus als »Prinzessin Susanna Caroline Mathilda«, Schwester der Königin Charlotte, die sich angeblich mit ihrer Familie verzankt hatte und wegen eines Skandals ins Exil nach Amerika gegangen war. Das Kleid, die Juwelen und vor allem das Portrait der Königin halfen ihr bei dieser Lügengeschichte. Ebenso nützlich war natürlich auch die höfische Art zu sprechen und sich zu benehmen, wie Sarah es bei Hofe gelernt hatte.

Sarah hatte großen Erfolg in ihrer Rolle als Schwester der englischen Königin. Reiche Landbesitzer und alteingesessene Familien stritten förmlich um die Gunst, sie für eine Weile als Gast in ihrem Haus begrüßen zu dürfen. »Ihre Königliche Hoheit« unterhielt die Gesellschaft mit Hofklatsch, Geschichten von Skandalen in allerhöchsten Kreisen. Sie ahmte die königlichen Gebaren so unübertrefflich nach, daß man sich die Ehre streitig machte, ihr die Hand zu küssen. Kurz, sie spielte ihre Rolle so unübertrefflich gut, daß man gar nicht erst auf die Idee kam, sie könne eine Hochstaplerin und Meisterlügnerin sein.

Warum kamen nicht die geringsten Zweifel an Sarahs Identität auf. Zum einen war es die Neugierde und Eitelkeit im Hinblick auf eine Person königlichen Geblütes, zum anderen aber auch nicht zu unterschätzer Opportunismus und Machtkalkül. Denn keiner glaubte ernsthaft daran, daß dieser königliche Familienzwist ewig dauern würde. Daher erschien es jedem nützlich, sich mit der vermeintlichen Schwester der Königin recht gut zu stellen. Ein idealer Nährboden für die Hochstapelei. Wer die Augen derart schließt, der will halt belogen werden.

Zum Verhängnis wurde Sarah Wilson aber die Tatsache, daß ihr ehemaliger Herr sich mit der Flucht seiner Sklavin nicht abfinden wollte. Deshalb suchte er sie mittels exakter Personenbeschreibung in allen goßen Zeitungen des Landes. Und seine hartnäckige Suche zeigte den gewünschten Erfolg. Sie wurde gefunden und zurückgebracht. Ihre Entlarvung dürfte nicht nur für die Lügenkünstlerin schmerzlich gewesen sein, sondern auch für die bloßgestellten Opportunisten, die auf Sarahs Lügengeschichten hereingefallen waren.

Bei der Geschichte des **Gregor McGregor** handelt es sich wohl um die größte Schwindelei, die je über einen gar nicht existierenden Staat erfunden wurde. Sie schildert die Verwandlung eines verdienten Freiheitskämpfers in einen Schwindler, der seinen Landsleuten mit einer phantastischen Lügengeschichte das Geld aus den Taschen zog. Ein Hochstapler, der nur deshalb Erfolg haben konnte, weil seine Opfer geblendet waren von der Aussicht, schnell und mühelos viel Geld und Macht erzielen zu können.

Über die Person des Gregor McGregor weiß man nur wenig. Er war der Sohn einer alten schottischen Familie, die generationenlang Offiziere für das berühmte »Black-Watch«-Regiment gestellt hatte. Eine Zeitlang diente er in der englischen Armee. Aber als Simon Bolivar, Anführer der patriotischen Revolution in Venezuela, im Jahre 1811 nach London kam, um Offiziere anzuwerben, folgte ihm McGregor nach Südamerika. Er stieg schließlich bis zum Rang eines Generals auf. Eigentlich hätte er als der Befreier Südamerikas gefeiert werden müssen, wurde als Ausländer in den aufständischen Reihen aber mit gespaltenen Gefühlen gesehen. Deshalb nahm er schließlich seinen Abschied und sah sich nach einem neuen Tätigkeitsfeld um.

Als er eines Tages mit einer kleinen Gruppe von Söldnern an der atlantischen Küste von Nicaragua, der sogenannten Moskitoküste landete, faßte er einen genialen Plan. Der Landstrich war praktisch Niemandsland, und wer wollte, konnte ihn haben. Mit den einzigen Bewohnern, den Poyais-Indianern kam er sehr schnell ins Geschäft. Er schloß einen Vertrag, der ihm den Küstenstrich als Konzession sicherte und versprach dem Häuptling dafür, das Gebiet zu kolonialisieren und zu kultivieren.

Wenige Wochen später erschien McGregor in London mit einem großen Projekt im Hinterkopf und einem selbstverliehenen Titel: Gregor I., Fürst von Poyais. Die phantastische Lügengeschichte, die er den Londonern auftischte ging einerseits von der berechtigten Annahme aus, daß ihnen Mittelamerika noch gänzlich fremd war. Andererseits wußte McGregor nur zu genau, daß jede Möglichkeit, Kapital günstig anzulegen, willkommen war.

Seine Lügengeschichte lief darauf hinaus, daß das Land Poyais – so nannte er die Moskitoküste – ein neues Eden sei. Üppige Vegetation, fruchtbarster Boden für Baumwolle bis hin zu köstlichen tropischen Früchten. Der Boden berge reiche Goldadern. Die Siedler und Eingeborenen hätten aus Poyais ein gastliches und eindrucksvolles aufstrebendes Land gemacht. Eine große Hauptstadt mit schönen Gebäuden, ein Schloß sowie Parlament und Opernhaus, Kathedrale, Boulevards Hafenanlagen und Banken – nichts fehlte in der Beschreibung McGregors. Staatsoberhaupt war natürlich kein anderer als er selber, Gregor I., Souveräner Fürst von Poyais und der umliegenden Gebiete. So unglaublich es klingen mag, fast jeder schenkte dem bewährten und vielgereisten General Glauben.

Ein Zeichner mit entsprechender Einbildungskraft wurde beauftragt, Stiche der Hauptstadt von Poyais anzufertigen, die dann an diverse Buchläden verkauft wurden. Flugschriften mit Beschreibungen des Landes wurden an mögliche Investoren versandt und die Chance betont, hohe finanzielle Gewinne zu erzielen. Schließlich wurden Einwanderungsbüros eröffnet, und das Land an der Moskitoküste wurde an überzeugte Opfer, die auswandern wollten, zu hohen Preisen verkauft. Nebenbei sei noch erwähnt, daß McGregor mittlerweile vom König empfangen worden war und zum Ritter geschlagen wurde. Denn in Anbetracht seiner Bemühungen um gute Beziehungen zum vereinigten Königreich wurde McGregor als Sir Gregor in den Adelsstand erhoben.

Insgesamt sind schließlich sieben Emigrantenschiffe ausgefahren und ein paar hundert enttäuschte und geprellte Menschen kehrten nach London zurück. McGregor hatte sich in der Zwischenzeit nach Paris abgesetzt und von dort aus das gleiche Lügenspiel mit auswanderungswilligen Franzosen wiederholt. Erfolg macht manchmal leichtsinnig, denn er kehrte nach einiger Zeit nach London zurück. Wen wundert's, daß er dort sofort verhaftet wurde? Doch umgehend machten alle hochstehenden und einflußreichen Leute, die in die Affäre verstrickt waren, ihren Einfluß geltend, um McGregor vorm Gefängnis zu bewahren und natürlich auch ihren eigenen Namen herauszuhalten. Mc Gregor wurde freigelassen, mußte das Land allerdings unverzüglich verlassen. Sir McGregor zog sich in Frankreich aufs Land zurück und lebte dort als geadelter Hochstapler von seinem stattlichen »Poyais«-Vermögen.

Ein anderes Ehrenmitglied der Hochstapler-Liga ist **Oscar Merril Hartzell.** Er erschwindelte ein Vermögen durch den Verkauf von Anteilen der Erbschaft des Sir Francis Drake, Admiral der Königin Elisabeth I. von England. Aber die Geschichte von den Erben des Admirals ist nicht nur die eines brillanten Hochstaplers, sondern gleichzeitig auch ein erschreckender Beweis für die Leichtgläubigkeit und Geldgier der Menschen.

Aus Handelsadreßbüchern des amerikanischen Mittelwestens wählte er in erster Linie Geschäftsleute und Freiberufler aus, denen er persönliche Schreiben sandte. Eine Gemeinsamkeit verband all seine Opfer: Sie hießen selber Drake oder waren mit Personen dieses Namens blutsverwandt. Oscar Hartzell teilte ihnen in seinem Schreiben mit, historische Nachforschungen hätten ergeben, daß Sir Francis Drake einen unehelichen Sohn hatte. Ein direkter Nachkomme des Sohnes des Admirals sei noch am Leben und somit der rechtliche Erbe eines stattlichen Vermögens von mittlerweile 22 Milliarden Dollar.

Ihm sei der Name des Erben bekannt, der den Anspruch auf seine Erbschaft vor den englischen Gerichten durchfechten wolle. Da es dieser nur ihm bekannten Person aber an den finanziellen Mitteln für einen derartigen Prozeß fehle, habe dieser Hartzell zu seinem Repräsentanten gemacht. Beiträge zum sogenannten »Kampffonds« würden im Verhältnis 500:1 zurückgezahlt werden. Allerdings könnten nur Zahlungen von Personen namens Drake oder mit Drake-Blut in den Adern angenommen werden. Außerdem müsse sich jeder Spender schriftlich zu absolutem Stillschweigen verpflichten. Bei Zuwiderhandlung wäre der Einzahlungsbetrag verfallen und auch jeglicher Anspruch nichtig.

So banal die Idee klingt, sie war ein unglaublicher Erfolg. Er wurde überhäuft mit Angeboten. Da er die Korrespondenz nicht selber bewältigen konnte, wählte er 15 Interessierte in den Staaten als seine Agenten aus. Über 12 Jahre führte Hartzell dieses Geschäft von London aus, und nahm hierbei ein Vermögen ein. Regelmäßig sandte er phantasievolle Bulletins über den Fortgang der Aktion an seine Agenten und wußte die Lage immer so darzustellen, daß der Enderfolg zum Greifen nahe war. Immer wieder waren es neue Aspekte, die die Verzögerung der Verhandlungen plausibel machten. Zum Beispiel habe ihm die britische Regierung erste lächerliche Angebote gemacht, die er natürlich zurückweisen mußte. Weiterhin verwies er immer wieder auf die Hartnäkkigkeit der britischen Behörden, die natürlich Angst vor einem Aderlaß dieser Dimensionen hätten. Auch gewisse Bonbons durften nicht fehlen wie beispielsweise die Nachricht, daß die Erbschaft wesentlich höher ausfalle, nämlich 400 Milliarden Dollar.

Alle Erklärungen wurden bedingungslos geglaubt. Als beispielsweise das Pfund Sterling gegenüber dem Dollar schwächer notierte, deuteten die Betroffenen dies als ein Vorzeichen des bevorstehenden Bankrotts durch die Auszahlung der Drake-Milliarden. So führte der geniale Hochstapler im Laufe der Jahre insgesamt etwa 70.000 »Erben« an der Nase herum.

Zum Verhängnis wurde ihm schließlich ein amerikanisches Gesetz, das sich auf den Mißbrauch der Post zu unlauteren Zwecken bezog. Er hatte zwar den Postweg gemieden, denn alle Telegramme wurden mit privaten Gesellschaften versandt, und alle Gelder waren von der Bank an ihn überwiesen worden. Nur die unterschriebenen »Verpflichtungen« der Spender wurden mit der Briefpost befördert. Die Post hatte schon längst Verdacht geschöpft, fand aber keine Zeugen, da sich alle Spender an ihre Verschwiegenheitserklärung hielten.

So gab es über zehn Jahre lang weder Anzeigen gegen Hartzell noch Zeugenaussagen. Erst 1932 hatten die amerikanischen Behörden genug Beweismaterial zusammengetragen. Hartzell wurde von England ausgeliefert. Aber wie sollte man Anklage gegen einen Mann erheben, gegen den kein Zeuge aussagen wollte und von dem sich keiner geschädigt fühlte? Denn seine eigentlichen Opfer verhielten sich absolut loyal. Sie sahen das Kesseltreiben um die Person des Oscar Merril Hartzell eindeutig als eine politische Intrige der britischen Regierung an.

Allein der Mißbrauch der Post konnte ihm zur Last gelegt werden, aber dies genügte immerhin für die Verhängung der Höchststrafe von einigen Jahren Gefängnis. Was er danach anfing, wo und wie er lebte, ist unbekannt. Da er aber erst 50 Jahre alt war, als er wieder freikam, hat er möglicherweise noch einige Freude an seinem Bankkonto gehabt.

Ein besonders amüsantes Beispiel für die Leichtgläubigkeit gewisser Menschen ist der Schwindel um den Pariser Eiffelturm. Die beiden Hochstapler **Graf Viktor Lustig** und **Daniel Collins** haben gemeinsam das Kunststück fertiggebracht, das Pariser Wahrzeichen zu verkaufen. Nicht nur einmal, sondern gleich zweimal gelang es ihnen, für diesen besonders frechen Coup ein geeignetes Opfer zu finden.

Dieser geniale Plan wurde im Frühjahr 1925 in Paris geboren. Eine groß aufgemachte Nachricht in der Zeitung berichtete, daß der Eiffelturm dringend der Reparatur bedürftig sei und man dafür Hunderttausende von Francs ausgeben müsse. Damit verbunden war die Frage in Regierungskreisen, ob es nicht besser sei, das ganze Eisengerüst niederzureißen. Die beiden gerissenen Schwindler erkannten sofort, daß diese Meldung Gold wert sein konnte.

Die Idee war da, jetzt galt es nur noch den Plan perfekt vorzubereiten und natürlich auch ein geeignetes Opfer zu finden. Fünf Pariser Alteisenhändler erhielten Briefe vom stellvertretenden Chef der Bauabteilung des Minestère des Postes et Télégraphes, dere sie zu einer Besprechung wegen Vergabe eines

Regierungsauftrages bat. Bei dem Treffen verpflichteten sie die Händler zu absoluter Diskretion, um ihnen dann zu verraten, daß der Eiffelturm in einem sehr schlechten Zustand sei und deshalb abgerissen werden müsse. Das höchste Angebot für das Alteisen werde automatisch akzeptiert.

Nach detaillierter Erörterung aller technischen Details luden sie die Opfer zu einer ausgiebigen Inspektion des zur Diskussion stehenden Objektes ein. Zum einen ein geschickter Schachzug, um die Glaubwürdigkeit des Projektes zu unterstreichen. Andererseits wollten die beiden Schwindler natürlich die Zeit nutzen, die Herren besser kennenzulernen, um ein besonders geeignetes Opfer auszuwählen. Die Wahl fiel auf den Provinzler André Poisson.

Als dann nach einer Woche alle fünf Angebote eingegangen waren, erteilte der Graf wie beabsichtigt Monsieur Poisson den Zuschlag. Bei einem letzten Treffen erhielten die Gauner einen Bankwechsel und spielten auch noch ihren letzten Joker. Sie baten Poisson um Bestechungsgelder, um das amtliche Genehmigungsverfahren reibungslos abwickeln zu können. Als hätte er von hohen Regierungsbeamten nichts anderes erwartet, zog der geprellte Händler zusätzlich ein Bündel Banknoten aus der Tasche. Der Trick bewirkte den gewünschten Erfolg. Wenn Poisson je einen Verdacht gegen die beiden gehegt hatte, so war er jetzt vollkommen beruhigt. Schließlich hatten die beiden ja um Schmiergeld gebeten, und das hieß, daß sie wirklich vom Ministerium sein mußten.

Unmittelbar nach dem Coup machten Lustig und Collins sich aus dem Staub. Doch die Eile wäre nicht nötig gewesen, denn Poisson war es so peinlich, daß man ihn zum Narren gehalten hatte, daß er die Hochstapler nie anzeigte. Also kehrten der Graf und sein Partner nach einiger Zeit nach Paris zurück und fanden ein zweites Opfer. Diesmal ging die Rechnung aber nicht so auf wie beim ersten Mal. Der betrogene Schrotthändler ging zur Polizei, und die Gauner mußten sich schnellstens aus dem Staube machen. Sie wurden jedoch nie gefaßt, und es ist bis heute unbekannt, wieviel Geld sie für ihre Lügengeschichte erhalten haben.

4.5 Lügen, die Geschichte gemacht haben

Viele Menschen sind nur deshalb in die Geschichte eingegangen, weil sie es verstanden, Macht und Lüge kunstvoll zu verknüpfen. So sind Täuschungsmanöver für den britischen Historiker Hugh Trevor-Roper gar der rote Faden in der Weltgeschichte. Auch Winston Churchhill philosophierte schon zu diesem Thema: »In Kriegszeiten ist die Wahrheit so kostbar, daß sie durch eine Leibgarde von Lügen geschützt werden muß.« Ein anderer Aspekt sind die Geschichtsschreiber. Von ihnen erwarten wir, daß sie bedeutende Ereignisse der Vergangenheit wirklichkeitsgetreu und objektiv darstellen. Tatsache jedoch ist, daß die Geschichtsbücher voll von Lügen sind, weil der Nachwelt häufig eine geschönte Wahrheit präsentiert werden sollte. So sagte Napoleon kurz und präzise zu diesem Thema: »Geschichte ist die Lüge, auf die man sich geeinigt hat.«

Odysseus war nicht Odysseus!

Einer der größten Lügner der Antike ist zweifelsohne der Schwindler, der sich mal Äthon und mal Esperitos nannte. Diese verkrachte Piratenexistenz zettelte mit der Behauptung, er sei der seit zwanzig Jahren vermißte Odysseus, einen Sklavenaufstand auf der Insel Ithaka an. Danach spielte er die Rolle des Odysseus so perfekt weiter, daß er selbst den Dichter Homer täuschte. Fast die gesamte Philologenwelt geht bis heute von der Echtheit des wiedergekehrten Odysseus aus. Hierbei dürfte es sich wohl um die am längsten geglaubte Lüge handeln.

Wie war es zu dieser Täuschung gekommen? Äthon konnte von einem Sklavenschiff fliehen und landete auf der Insel Ithaka. Seit dem Weggang des wahren Odysseus hatte eine Adelsclique die Macht an sich gerissen und beutete die Landbevölkerung aus. Der gestrandete Äthon geriet zufällig als erstes an einen Schweinehirten, der ihm die ganze Vorgeschichte erzählte. Äthon begab sich daraufhin an den Hof des Odysseus. Dort macht er dann mit Telemach, Sohn des Odysseus, das entscheidende politische Tauschgeschäft: Beseitigung der Adelsherrschaft gegen Anerkennung als Odysseus. Beide beschlossen, weder dem Vater des Odysseus noch Penelope, der Ehefrau, etwas zu sagen. Der Umsturz gelang, und Äthon erklärte sich zu Odysseus. Penelope blieb nichts anderes übrig, als sich zu fügen, nachdem sogar ihr Sohn verlangt hatte, diesen dahergelaufenen Lügner als ihren Mann anzuerkennen. Somit blieb keiner mehr, der die Wahrheit hätte weitererzählen können. Und so steht in vielen Geschichtsbüchern noch heute, Odysseus sei tatsächlich zurückgekehrt.

Der Trojanische Krieg

Eine der größten Lügen der Antike wurde in die Ilias interpretiert, das legendäre Werk des Homer. Man glaubte, der Trojanische Krieg habe stattgefunden, weil Menelaos, König von Sparta, seine geliebte Helena, schönste Frau Griechenlands, wiederhaben wollte. Paris, Nesthäkchen des trojanischen Königs Priamos, hatte die schöne Helena geraubt. Die Behauptung, der zehnjährige Krieg sei nur wegen der großen Liebe des Menelaos entstanden, ist aber schlichtweg Lüge.

Die Wahrheit ist, daß Menelaos aus reinem Machtkalkül gehandelt hat. Er fürchtete nicht um seine Liebe, sondern um seinen Thron. Der Grund lag darin, daß nach spartanischem Recht der Titel über die Familie der Frau vererbt wurde. Nur mit seiner Frau Helena, der eigentlichen Königin, konnte er auch König bleiben.

Das Trojanische Pferd

Trotz zehnjähriger Belagerung konnten die Griechen die Stadt Troja nicht erstürmen. Es wurde daher beschlossen, die Troer mit einer Lüge zu täuschen. Als Versteck für bewährte Krieger baute man ein riesiges hölzernes Pferd und stellte es vor die Stadt. Die Griechen selber schifften sich ein, so daß es aussah, als wären sie abgezogen. Unter dem Pferd aber versteckte sich ein gewisser Sinon, der den Troern die entsprechende Lügengeschichte erzählen mußte: Die Griechen hätten ihre Niederlage eingesehen und seien daher abgezogen. Er selbst sollte als Menschenopfer für eine glückliche Heimfahrt geschlachtet werden, habe aber im letzten

Moment noch fliehen können. Ebenfalls ein Götteropfer sei das Pferd. Man habe es mit Absicht so groß gebaut, damit es nicht durch die Tore in die Stadt gebracht werden könne. – Sinon verschob so geschickt das eigentliche Motiv, denn nichts wünschten die Griechen sehnlicher, als dieses Pferd in die Stadt zu bringen. Die Lüge zeigte ihre Wirkung. Um das Pferd in die Stadt zu bekommen, rissen die Troer sogar ungeduldig einen Teil der schützenden Mauer ein. Das Ende ist bekannt: Troja wurde völlig zerstört.

Heinrich der VIII.

Heinrich VIII., König von England, heiratete nacheinander sechs Frauen, wobei er sich von vieren entweder durch Scheidung oder Hinrichtung trennte. Dazu mußte er sich diverser Lügen bedienen:

Als er sich von seiner ersten Frau, der Witwe seines Bruders nach 20 Jahren Ehe trennen wollte, konnte er natürlich nicht zugeben, daß er sie lediglich durch eine neue ersetzen wollte. Deshalb zog er es vor zu lügen und zitierte die Bibel: »Wenn ein Mann seines Bruders Frau nimmt, ist das Unzucht...«. Der Papst ließ sich von diesem vorgetäuschten Motiv nicht bluffen und lehnte die Scheidung kategorisch ab. Heinrich löste sich kurzerhand vom römischen Katholizismus und erklärte sich selbst zum Herrn von Kirche und Staat. Als er später seine zweite Frau, Anna Boleyn, loswerden wollte, behauptete er einfach, sie habe ein Verhältnis mit ihrem Bruder und vier anderen Männern gehabt. Obwohl dies natürlich eine dreiste Lüge war, wurden alle hingerichtet.

Bei seiner letzten Frau wurde Heinrich allerdings selber das Opfer einer Lüge: Er wünschte sich die deutschen protestantischen Fürsten als Verbündete. Deshalb hielt er Ausschau nach einer deutschen Frau. Die Wahl fiel auf Anna von Cleve, denn Holbein malte ein höchst schmeichelhaftes Portrait von ihr. Als Heinrich nun erwartungsvoll zu ihrer Ankunft eilte, traute er seinen Augen nicht. Das liebliche Bild war eine komplette Lüge: Anna von Cleve war groß, hatte ein maskulines Äußeres und war dazu noch blatternarbig.

Papst Johann VIII.

Die Institution des Papstes und der Kirche wurde schon immer gerne von den Protestanten aufs Korn genommen. Besonderen Hohn bekundet die Überlieferung von dem Papst, der eine Frau war. Johann VIII., der Nachfolger des Leo IV. soll in Wahrheit eine höchst gebildete, weitgereiste und auch attraktive Frau gewesen sein. Sie verstand es, in männlicher Kleidung den gesamten Klerus zu täuschen, so daß sie zur höchsten Würde der katholischen Kirche auserkoren wurde. Angeblich hatte sie mit einem Kardinal eine Liebschaft und soll bei einer feierlichen Prozession in der Nähe des Kollosseums ein Kind geboren haben. So wurde der falsche Papst dann schließlich enttarnt – erst nach einer Amtszeit von über zwei Jahren. Auf diese Überlieferung soll auch die bis heute durchgeführte Geschlechtsuntersuchung jedes designierten Papstes auf dem durchbrochenen Stuhl, der sogenannten »sella stercoraria« zurückgehen.

Die französische Kriegserklärung

Ein berühmtes Beispiel für Verfälschung durch Auslassung mit fatalen Folgen ist die Emser Depesche, die zum Ausbruch des deutsch-französischen Krieges von 1870 führte. Als der französische Botschafter Benedetti von König Wilhelm von Preußen eine Erklärung in einer dynastischen Frage erbat, wies der König diese Bitte in höflicher Form ab, da er die Angelegenheit bereits vorher eingehend erörtert hatte. Diese Antwort telegraphierte er zur Kenntnisnahme an seinen Ministerpräsidenten Bismarck. Der wiederum hatte aber kein Interesse daran, die Angelegenheit abzuschließen. Er verfälschte die Depesche kurzerhand, indem er alles Höfliche und Verbindliche herausstrich, und veröffentlichte sie in dieser brüskierenden Form. Diese Manipulation machte aus dem höflichen Schreiben eine unübersehbare Provokation und führte letztendlich zur französischen Kriegserklärung.

Die englische Kriegslist

Eine Leiche, die im April 1943 während des zweiten Weltkrieges an die spanische Küste geschwemmt wurde, hatte eine besondere Bedeutung. Es war die Leiche eines Mannes, den es nie gegeben hatte. Weil diese perfekt getarnte Lüge die Deutschen täuschte, sind viele Soldaten der Alliierten heute noch am Leben.

Die Alliierten hatten die Nazis gerade aus Nordafrika vertrieben, und es war naheliegend, daß Sizilien das nächste Ziel sein mußte. Also plante man einen Bluff, der Hitler vom Gegenteil überzeugen sollte. Es wurde der Flugzeugabsturz eines Kuriers fingiert, im Vertrauen darauf, daß die Dokumente durch die guten Beziehungen zwischen Spanien und Deutschland schnellstmöglich bei Hitler landen würden.

Die »Geheimdokumente« waren schnell erstellt. Admiral Mountbatten schrieb einen Brief an General Eisenhower, in dem er ein Scherzwort über Sardinien einbaute. Die Nazis sollten glauben, dies sei ein Codewort. Der Leiche eines tödlich verunglückten Mannes wurde eine neue Identität verliehen, vom Personalausweis bis zu zwei abgerissenen Eintrittskarten eines Londoner Theaters. Damit alles auch tatsächlich nach einem Flugzeugunglück aussah, wurde der angebliche Kurier zusammen mit einer aufgeblasenen Schwimmweste nahe der spanischen Grenze ausgesetzt.

Die Lüge hätte nicht besser funktionieren können. Die deutsche Heeresleitung schickte fast alle verfügbaren Truppen nach Sardinien, so daß die englische Invasion auf Sizilien ein voller Erfolg wurde. Auf diese Weise war es möglich, Hitler mittels einer perfekt getarnten Lüge gründlich hinters Licht zu führen.

Die Autobiographie des Howard Hughes

Bei der Lügengeschichte um die angebliche Autobiographie des Howard Hughes handelt es sich eindeutig um den größten publizistischen Coup des Jahrhunderts. Ein Verlag zahlte ein Vermögen für eine Autobiographie, die nie geschrieben wurde. Denn die Autobiographie des reichsten Exzentrikers der Welt, des legendären Howard Hughes, war von Anfang bis Ende ein geschickt recherchiertes und getarntes Lügengebäude.

Howard Hughes war jahrelang nicht mehr gesehen worden, was die Faszination des Billionärs für die Öffentlichkeit noch erhöhte. Einige Stimmen bezweifelten sogar, daß er überhaupt noch am Leben sei. Deshalb rief es natürlich großes Staunen hervor, daß jemand, der so zurückgezogen lebte, einen Autor zum Schreiben seiner Biographie autorisierte hatte. Doch genau dieses behauptete der Schriftsteller Clifford Irving. Der Verlag McGraw-Hill bezahlte 750.000$, das Life-Magazin sogar 250.000$ für den Abdruck dreier Auszüge. Irving hatte darauf spekuliert, daß der Einsiedler Hughes von einem Widerruf absehen würde. Schließlich hätte er für eine Gerichsverhandlung sein Eremitendasein unterbrechen müssen. – Ein Roulette-Spiel, bei dem die Rechnung aufging.

Später flog der ganze Schwindel allerdings auf. Irving wurde zu einer Geldstrafe von 20.000$ verurteilt und ging für zwei Jahre ins Gefängnis. Eine vergleichsweise geringe Strafe, die wohl eher als Investition zu sehen war. Was bedeutete dies schon im Vergleich zu 1.000.000$ Reingewinn? Irving nutzte diese Zeit der »Buße« übrigens für die Arbeit an einer neuen Idee, die ihm das große Geld bescheren sollte: ein Buch über seinen Millionen-Schwindel.

4.6 Prominente und ihre Lügengeständnisse

Wen wundert es, daß zu diesem Thema auch die deutsche und internationale Prominenz eine Menge beizusteuern hat. Auf Beiträge von Politikern wurde allerdings verzichtet. Wen würde es schließlich beeindrucken, von unseren Volksvertretern die Beichtgeheimnisse zu hören. Erstens wären sie sowieso gelogen und zweitens sind Presse und Nachrichten ja viel aktueller mit der täglichen Berichterstattung über die neusten Politikerlügen. Außerdem haben die Geständnisse der Showprominenz viel mehr menschlichen Charme.

Bühnen- und Fernsehstar **Monika Peitsch** erzählt eine Kitschgeschichte: »Ich erlaube mir höchstens Notlügen. Aber einmal, das weiß ich noch sehr genau, habe ich einen mir sehr nahestehenden Menschen beschummelt. Und zwar meinen Sohn Philipp.

Als er noch kleiner war, hatte er eine recht runde Figur. Ich sagte ihm damals, daß er keine Süßigkeiten mehr essen solle, denn die seien sowieso nicht gesund für die Zähne. Gleichzeitig versprach ich ihm, auch nichts Süßes mehr zu naschen. Naja. Ich kann nicht eisern sein, denn ich liebe Sweeties genauso wie er. Also habe ich die Bonbons vor ihm versteckt. Allerdings: Nachts, wenn er schlief, bin ich klammheimlich zu den Süßigkeiten geschlichen und habe sie in mich hineingestopft. Heute tut es mir unendlich leid, daß ich meinen Philipp damals belogen habe.«

Der deutsche Erfolgskomponist **Ralph Siegel** sagt: »1969 war es große Mode, daß deutsche Künstler die Lieder von Tom Jones, Engelbert Humperdinck und vielen anderen internationalen Gesangsstars so schnell wie möglich auf Deutsch nachsangen. Originalkompositionen aus unseren Landen hatten es schon damals schwer, einen erfolgreichen Weg bei uns zu gehen.

Da ich auch schon damals vor über 20 Jahren (übrigens gerade aus Nashville, Tennessee zurückgekommen, wo ich ein Jahr verbracht hatte) englische Lieder schrieb, entstand in jener Zeit das Lied »Gypsy Boy« (Musik: Ralph Siegel, englischer Text: Michael Kunze). Eine damalige Entdeckung – Ben Thomas – sang unsere Produktion, und es klang haargenau so, als hätte Tom Jones ein neues Lied produziert. Diesen Song schickten wir auf Umwegen dem inzwischen verstorbenen Produzenten Kurt Feltz für Peter Alexander. Der Jubel über den »neuen« Jones-Titel war groß. Kurt Feltz erstellte einen deutschen Text, und Peter Alexander sang das Lied »Zigeunerin«, das kurz darauf in sämtlichen Rundfunk-Hitparaden auftauchte.

Erst nach diesem Erfolg stellte man plötzlich fest, daß es sich »nur« um ein Lied von Deutschen handelte. Hilde und Peter Alexander fanden's unheimlich lustig – nur: der Song wurde als Single nie veröffentlicht.«

Schauspielerin **Katja Bienert** erzählt dazu: »Als ich ein kleines Mädchen war, hatte man mir erfolgreich eingeschärft: Die Nase wackelt, wenn du lügst. Daran mußte ich immer denken, als ich –

nun schon junge Dame – nach Spanien reiste. Dort »verliebte« ich mich hoffnungslos in einen herrenlosen Hund. Ich wollte ihn unbedingt mit nach Berlin nehmen, wo ich wohne. Koste es, was es wolle!

Doch es gab Schwierigkeiten am laufenden Band. Da ich außerhalb der Reisezeit nach Spanien gekommen war, mußte ich vorsichtig taktieren. Kaum ein Hotel war geöffnet, und auf die Frage an der Rezeption, ob ich Tiere hätte, log ich natürlich: Nein! Ich versteckte also meine Promenadenmischung, die ich »No One« nannte. Doch eines Tages entdeckte das Zimmermädchen den Aschenbecher mit verdünnter Milch. Prompt flog ich aus dem Hotel. Zwei Nächte verbrachte ich nun mit meinem Hund am Strand, ehe ich meine Reise vorzeitig abbrach.

Doch dann kam der Zoll. Ich hatte keine Papiere für »No One«, und für Impfungen war er noch zu jung. Bis ins Flugzeug habe ich ihn ja schmuggeln können, und mein Sitznachbar sagte nichts, als er ein Schwänzchen aus der Tasche lugen sah. Aber dann beim deutschen Zoll kam der erste Beller. Die Beamten guckten mich strafend an. Wieder wurde ich gefragt, ob ich ein Tier dabei hätte und wieder log ich empört: Nein! Mein freundlicher Nachbar aus dem Flugzeug alberte währenddessen herum und tat so, als habe er gebellt.

Naja, wenn ich mein Krummbein heute so sehe, weiß ich, diese Schwindeleien haben sich gelohnt – und meine Nase hat dabei auch nicht ein bißchen gewackelt!«

Er weiß nicht, ob er darüber lachen oder weinen soll. Deutschlands Multitalent **Rio Reiser** jedenfalls kann sich über seine Biografie – ausgestellt von seiner Plattenfirma – überhaupt nicht beruhigen. Dort steht nämlich: »Rio Reiser wurde als Kleinkind von russischen Soldaten im Berliner Stadtbezirk Tiergarten gefunden und in einem der damals noch überfüllten Waisenhäuser untergebracht. Am 9. Januar 1957 wurde er von dem Fabrikantenehepaar Erika und Bert von Braun Möbius an Sohnes Statt angenommen.«

Reiser: »Das ist von vorne bis hinten erlogen. Nichts davon ist wahr. Aber so ist das mit Lügen. Sie werden verbreitet, ohne daß

mal jemand nachhakt. Allerdings: Geschadet hat mir diese höchst seltsame Biografie auch nichts.«

Der Sängerin und Schauspielerin **Evelyn Künnecke** fällt zum Thema »Lügen« folgendes Erlebnis ein.

Vor ihrem Comeback (am 15.11.1975) im alten Hamburger »Onkel Pö« hatte sie unglaubliches Lampenfieber. Um sie zu beruhigen, flüsterten ihr Freunde vor dem großen Auftritt: »Du brauchst dich wirklich nicht aufzuregen. Wir haben wirklich nur einige Bekannte aus der Szene eingeladen. Auch die Presse wurde nicht benachrichtigt.«

Als die »Stunde Null« dann wirklich schlug, betrat Evelyn den

Saal, um auf die Bühne zu gehen. Die Dame traf fast der Schlag: Es war so brechend voll, daß sie – trotz ihrer damals schon recht stattlichen Maße – über die Köpfe der dicht an dicht stehenden Besucher hinweggehoben werden mußte.

Dazu Evelyn Künneke heute: »Hätten mich meine Freunde damals nicht belogen – ich wäre nie und nimmer aufgetreten!«

An seine größte Lüge erinnert sich Fernsehstar **Günter Strack** nur mit gemischten Gefühlen: »Ich habe meine Eltern mal als Junge gewaltig übers Ohr gehauen. Das war 1947, da kündigte ich in der Obersekunda einfach meine Schule auf. Das war in den Nachkriegswirren noch möglich. Meine Eltern durften jedoch nicht wissen, daß ich noch vor dem Abitur einfach die Penne verließ. Jeden Morgen ging ich also brav mit Schulbrot aus dem Hause. So, als würde ich tatsächlich noch zur Schule gehen. Dann aber rauschte ich zum Schauspiel-Unterricht.

Raus kam die ganze Sache, als mich ein Freund meiner Eltern auf der Bühne eines Darmstädter Theaters sah. Ich mußte vors Familiengericht. Mein Vater konnte die Wahrheit nicht begreifen. Erst Jahre später ging er mit meiner Mutter in eine meiner Vorstellungen.

Es war mein erstes Engagement im rheinischen Oberhausen. Nach der Aufführung nahm mein Vater mich zur Seite und meinte nur: 'Gell Bub, du hast wohl doch das Richtige gemacht!' Der große Kummer meiner Eltern war verflogen. Sie haben mir beide verziehen!«

In HSV Fußballerkreisen kennt man die beliebteste Lügengeschichte von »**Manni**« **Kaltz**; wegen seiner bekannten Bananenflanken auch kurz »Banane« genannt: Eine süddeutsche Gazette wollte bei einem Preisausschreiben die Trikots berühmter Fußballer verlosen. Um die Geschichte rundzukriegen, riefen die Redakteure des Blattes direkt in der Umkleidekabine – während einer Spielpause – bei Kaltz an. Die Spieler mögen sowas natürlich nicht. Also haben sie ein System entwickelt, bei dem stets ein anderer ans Telefon geht, als der, der gewünscht wird. Und dann werden die Anrufer ordentlich verschaukelt.

Als nun einer der Redakteure einen Kollegen von »Manni« Kaltz sprechen wollte, war Kaltz selbst am Telefon. »Herr ...«, begann der Journalist, »wir sammeln Trikots für unsere Leser. Was machen sie denn mit ihrem Hemd nach dem Spiel?« Darauf »Manni« Kaltz: »Ach wissen sie, ich hänge meine durchgeschwitzten Trikots immer in meinen Partykeller bis sie trocken sind. Gewaschen werden die nie. Ich schwitze sie ja doch nur wieder durch.« Dem Redakteur soll vor Schreck die Spucke weggeblieben sein...

Gazettenwirbel gab's, als durchsickerte, daß Deutschlands Senkrechtstarter im Showgeschäft – der Sänger und Musiker **Matthias Reim** (»Verdammt, ich lieb' dich«) – seine Frau verläßt. Auch eine große deutsche Boulevard-Zeitung bekam natürlich Wind davon, jagte hinter Reim her, wollte den Namen der Freundin (es ist Mitsängerin Mago Scheuermeyer) wissen. Tatsächlich erreichte auch ein Journalist den Sänger. Als der jedoch mitbekam, worum es ging, ließ er den Schreiberling abblitzen. Reim verstellte seine Stimme und meinte auf echt Köllsch: »Isch bin de Bruder von dat Mago. Isch han kei Ahnung von de Pop-Scheiß. Isch reparier nur de Waschmaschin von mei Schwester.« Der Journalist hatte nichts davon gemerkt, wen er wirklich an der Strippe hatte!

Ein hartes Stück leistete sich der mehrfache Boxweltmeister **Cassius Clay**, der jetzt als Muhammed Ali (mit neuem Glauben) körperlich krank aber geistig ungemein rege in einer kompletten Film-Dokumentation von sich reden macht. Auf die Frage, welches für ihn die größte Lüge sei, antwortete er: »Die größte Lüge ist für mich, daß Jesus Gott sein soll!«

Telly Savalas, der als »Kojak« im Fernsehen Karriere machte, erzählte folgende Geschichte: »Ich habe ja im Prinzip überhaupt nichts gegen Lügenmärchen, die über mich verbreitet werden. Das hebt das Image. So finde ich es natürlich komisch, daß die Leute erzählen, ich hätte mal aus Versehen meine Brille statt meines Lollies, den ich als »Kojak« immer lutschen mußte, weggeworfen. Sauer allerdings bin ich über die Geschichte, in der behauptet wird, ich hätte in Gedanken nicht meinen Lolly weggeworfen, sondern meine Zähne!«

Zeichner, Cartoonist und liebenswürdige Berliner Schnauze **Erich Rauschenbach** gab seine Stellungnahme wegen der Echtheit gleich schriftlich ab: »Seit Du mich vor circa acht Wochen telefonisch gebeten hast, einen von mehreren Gastbeiträgen für Dein neues Buch über das Lügen zu schreiben, hat sich, glaub es oder glaub es nicht, mein bisheriges Leben total verändert.

'Was fällt Dir zum Thema Lügen ein?', hattest Du mich gefragt, und diese Frage hat mich bis heute nicht losgelassen. Ich habe keine auch noch so attraktiven Aufträge mehr angenommen und bereits angenommene aufgehört und aufgekündigt, meine bisher treuesten Auftraggeber habe ich für alle vergrätzt. Ich habe – nach immerhin 21 Ehejahren! – meine Frau verstoßen, als sie mich in die Pflicht nehmen wollte, für unsere Tochter und sie finanziell sorgen zu müssen. Meine Tochter ist – mit einigem Widerwillen zwar, weil sie lieber Markenpullis trägt als selbstgestrickte – in eine alternative WG eingetreten und verleugnet mich seitdem. Meine Freunde tun desgleichen, und mein Verleger wird erst durch Dein Buch erfahren, daß ich Deinetwegen dieses Jahr kein eigenes Manuskript abliefern werde, was ihn einige Kohle und Nerven kosten wird.

Und warum das alles? Weil ich seit circa acht Wochen (siehe oben) von morgens bis abends und neuerdings auch von abends bis morgens – meine Frau hat mich ja, wie gesagt, verlassen – darüber nachdenke, was mir zum Thema Lügen einfällt; nur um Dir heute mitteilen zu müsssen: NICHTS! ICH HABE NOCH NIE GELOGEN UND ICH WERDE NIE LÜGEN! EHRENWORT! (sagt man ja heutzutage auch außerhalb Kiels in solcher Situation!)«

Haben Sie gemerkt, daß wir mit der Seitenzahl vorne gelogen haben?